大変、大変、申し訳ありませんでした

保坂祐希

講談社
タイガ

カバーイラスト——朝野ペコ
カバーデザイン——千葉優花子（next door design）

大変、大変、申し訳ありませんでした

第1章　優しいロボット

1

秋の気配が感じられるようになったある日の午後、私、篠原光希《しのはらみつき》は小さなシンクに並べた湯呑《ゆの》みに漂白剤を入れ、茶渋《ちゃしぶ》がとれるのを待っていた。

その合間に錆《さび》の浮いた流し台をクレンザーで磨《みが》いているのだが、頭上にある棚はネジがゆるんでいてグラつき、今にも食器ごと落ちてきそうでヒヤヒヤする。

「ふぅ……」

力を込めてステンレスをゴシゴシこすっては、額の汗を拭《ぬぐ》った。

現在の職場であるこの公認会計士事務所は、築三十年の歴史を誇る私のアパートより古くて不便だ。けど、少しでも快適に使えるようにしたい。

そんな思いで、汗をかきながら奥にある狭い給湯室を掃除していた。外はもう爽《さわ》やかな秋風が吹いているというのに。

ポタ、ポタ、ポタ……。

水回りはこの事務所の中でも特に劣化が著《いちじる》しい。ハンドルを回して水量を調節するタイプの旧式の蛇口だが、どんなに強く閉めても水漏れが止まらない。

——これって確か、ハンドルの下のゴムパッキンのコマが劣化してるのが原因だっけ。

ネットの知識をほり起こしながら、工具を使ってハンドルを外してみると、水がゴボゴボと噴《ふ》き出した。そして次の瞬間、
シャアアーーーッ‼

噴水のような勢いで水が噴きあがる。

「ひゃぁぁっ！　ちょ、ちょっと待って！　待って！」

慌てて両手で蛇口の上を押さえる。が、手の角度が悪かったらしく噴水が今度はジェット噴流となって一気に私の顔に向かってきた。

「ぶっ！　きゃぁぁぁぁーーーッ！　だ、誰か……ッ！」

正面から水を浴び、思わず蛇口から手を離した瞬間、噴きあがった水柱が棚を直撃した。

ガシャン！

不安定だった棚がついに食器ごと流しに落下した。間一髪、私の前髪をかすめて。

「う、嘘《うそ》……！」

この状況を自力で解決するのは不可能だと一瞬で覚《さと》った。

「誰か！　誰か来てください！」

助けを求め、ずぶ濡《ぬ》れのまま事務スペースに駆けこむ。

が、入り口で何かにつまずき、前のめりにこけた。

「わッ！　い、痛い！」

ずぶ濡れのまま汚れたリノリウムの床でしたたかに打った膝《ひざ》を撫《な》でながら振り返ると、壊れて押しこめなくなっているキャビネットの引き出しがある。

新喜劇の登場人物にでもなったような気分だった。

この不具合だらけのオフィスでは、こんな漫画みたいな不幸の連続が起こりうるのだ。

「もう無理……」

この事務所は私にとって期間限定の出向先ではあるが、このままでは無事に任期を満了する前に命を落としかねない。

両手の指を握りしめて立ちあがった私は、今日も応接ソファに寝転がっている大男の前に立った。すると殺気……いや、気配に気づいたのか、男が薄く目を開けて私を一瞥《いちべつ》する。

この眼光鋭い四十がらみの男が山王丸寛《さんのうまるひろし》。表向きは公認会計士事務所の所長であり、裏で謝罪会見をコーディネートする凄腕《すごうで》の炎上クローザー、いわゆる謝罪コンサルを生業《なりわい》とする男。そして私の現在の雇い主だ。

「なんだ、今日の天気予報、外れたのか」

だるそうに身を起こした山王丸が、センターテーブルの上に置いたスマホに手を伸ばす。今日の天気予報でも確認するかのような呑気《のんき》な態度で。

「私がびしょ濡れになってるのは雨のせいじゃありません。キッチンの蛇口のせいです」

「蛇口？」

「蛇口だけじゃありません。一階の事務所は老朽化が激しすぎて、もはや危険なレベルです」

「いったい、何が言いたいんだ？」

山王丸がスマホを操作しつつ怪訝《けげん》そうに尋《たず》ねる。

一般的には一〇パーセント以下の成功率と言われる謝罪業界で、彼が手掛ける謝罪会見の成功率は一〇〇パーセント。ただ、そのコンサル料は法外に高い。だから、クライアントは背に腹は代えられない富裕層に限られている。それでも、月に数件の依頼があるから山王丸は、裏で相当な荒稼ぎをしている。

——絶対にお金は持ってるはず。

「なんとかこの事務所を綺麗《きれい》にしようと思って私なりに努力を続けてきましたが、もう限界です。二階で仕事をさせてください」

この事務所の二階は謝罪案件の時にだけ使用される。つまり、使用頻度は少ないのに無駄に新しくてゴージャス、かつ快適なのだ。

「もしくは、ここをリフォームしてください」

「リフォーム?」

また怪訝そうな顔だ。こんなに古くて不便な事務所なのに一度もリフォームを考えたことがないのだろうか。

「はい、リフォームです。個人的には二階でひとりで仕事をするよりは、ここを使い勝手がいいようにリフォームしてもらう方がありがたいです。二階のように、とまでは言いません。まず、キッチンの流し台を買い替えてください。そして、この事務所の壁一面をビルトインキャビネットにして書類を整理し、所々めくれてる汚い床を張り直してください」

クライアントだって事務所が綺麗な方が気分がいいだろうし、私だって何かにつまずいて転ぶんじゃないか、上から何か落ちてくるんじゃないか、書類の山が雪崩《なだれ》を起こすんじゃないか、と毎日ヒヤヒヤしながら働かなくてすむ。

「この機会に美しく安全なオフィスを目指してリフォームしましょう!」

だが、私の提案は一蹴《いっしゅう》された。

「ダメだ。ここを古いまま使っているのにはそれなりの理由がある」

「理由？」

そう聞き返した時、雨がっぱを着た氷室《ひむろ》がドライバーを片手に現れた。

この八頭身フィギュアのように端正な男の名は氷室将生《まさき》。山王丸のアシスタントだ。留学先のハーバード大学では東洋の至宝と呼ばれていたという明晰《めいせき》な頭脳の持ち主らしいのだが、色々と『難』があってこの事務所で働いている。感情を露《あら》わにすることはほとんどなく、淡々と仕事をこなす様はアンドロイドにしか見えない男。

「やっぱり雨か」

「いえ。すべては光希《みつき》さんが水道の元栓を閉めずに蛇口を分解したせいです。元栓が硬くて留められなかったので、カッパを着て元栓を閉めてから作業していました」

「そっか！　元栓を閉めずに分解したのがいけなかったんだ」

氷室は反省する私を珍しい生き物でも見るような目で一瞥してから続けた。

「パッキンが劣化していたので交換し、棚を吊《つ》り直し、光希さんが足を引っかけた引き出しも修理しました。ついでに壊れた食器も同等品をネットで手配ずみです」

「は？　全部元どおりにしちゃったんですか⁉」

これでは私のリフォーム計画が水の泡《あわ》だ。私は知らず知らず、氷室を睨《にら》んでいた。

「え？　光希さん、怒ってるんですか？」

珍しく、氷室は困惑するような顔になっている。想定していなかった反論をされ、データを処理できないロボットみたいだ。たぶん、彼は親切心から修理してしまったのだろう。

なのに、私は強めの口調で抗議してしまった。

「いえ。怒ってるわけではないです。すみません……。ありがとう……ございます」

不承不承、礼を言うと、氷室は「どういたしまして」と胸を張った。

すると、案の定、山王丸は、

「修理できたのか。じゃあ、問題なし、だな」

と言って、再びソファに転がる。

「ま、待ってください！」

食い下がる私に山王丸が命じた。

「何度も言わせるな。ここをこのままの状態でオフィスとして使用しているのには理由がある」

「その理由っていったい……」

尋ねかけてふと、前に相談にきていた木村《きむら》さんという高齢の賃貸不動産経営者のことを思い出した。木村さんは二十年以上想《おも》い続けている女性が戻ってきた時に、彼女が元いた場所がわかるようにと、老朽化したアパートや喫茶店を建て替えることをしなかった。住所表示や周辺の景色が変わっても彼女がわかるようにと。

――まさかあれと同じような理由が山王丸にもあるっていうの？　いや、この男に限ってそんなセンチメンタルな理由だとは思えない。

「とにかく、文句を言う暇があるなら書庫の掃除でもしろ」

寝返りを打った山王丸がこちらに背中を向けたまま言った。

「は？　書庫？」

「業務命令だ」

「く……っ！」

書庫の掃除ぐらいで業務命令だなんて大げさな。

「そこにおまえが求めている真実が埋もれているかもしれないぞ」

なんて欠伸《あくび》交じりに思わせぶりなことを言っているが、この話を打ちきりたかっただけに違いない。

――きっと山王丸はリフォーム代を出したくないだけだ。なぜなら、彼は金の亡者だから。

そもそも私が出向者としてこの事務所で働く羽目になった理由は、就職したお笑い専門の芸能プロダクション、ジャングル興業の社長が所属芸人のスキャンダルをうまく収めてもらうため、山王丸を頼ったせいだ。確かに炎上は収束した。が、法外なコンサル料を全額払えず、その差額分を私がここで働いて返すことになった。

——せめて安全で快適な環境で働きたい。ただ、それだけなのに……。山王丸のケチ！

ブツブツ文句を言いながらキッチンに戻ろうとした私の背中に、山王丸が声を投げて寄越した。

「ああ、その前に二階のミーティングルームにコーヒーを三つ頼む」

「え⁉　二階《は》に⁉」

どん底を這い回っていた気持ちが一気に舞いあがった。

二階で行われるのは謝罪に関する仕事だけ。つまり二階にコーヒーを出すということは、謝罪を依頼するクライアントが来るということを意味している。

ジャングル興業からここへ出向してもうすぐ五ヵ月になるが、経営相談の受付業務より、謝罪の仕事の方が遥《はる》かに面白い。

調査や打ち合わせに参加させてもらえるし、何よりもクライアントが私たちの働きに満足し、感謝してくれた時の達成感は何物にも代えがたい。

——今回はどんな依頼なんだろう。なんだか、もうワクワクしてきちゃった。

2

急いで二階に上がり、手早くコーヒーを用意してミーティングルームに運んだ。

「失礼いたします」

山王丸の向かいに座っているクライアントは髭《ひげ》をたくわえた知的な雰囲気のおじさんと、若くて可愛《かわい》い女性だ。

「私は株式会社メディケア・ロボティクスのアンジュロイド研究室室長の竹中《たけなか》と言います。こちらは主任研究員の宗藤《むねとう》です」

山王丸に紹介された若い女性はおどおどと頭を下げた。

——メディケア・ロボティクスの宗藤さん？

どこかで聞いたような……。

「ええ。存じてますよ。なんといっても『アンジュロイド』を開発した天才研究者ですからね」

珍しく山王丸が手放しで称賛する。

——そうだ！　リケジョの星、宗藤麻里奈《まりな》だ！

研究や発明といった理系分野全般に疎《うと》い私でも、彼女のことは知っている。なぜなら、今年、アンジュロイドという介護用の二足歩行ロボットを開発して世間を賑《にぎ》わせた女性だからだ。

アンジュロイドは看護師さながらの優しい動作で、介護を必要とする人のお世話をする。その手指の繊細な動きもさることながら、搭載されている人工知能が状況を瞬時に判断して最適なケアを行い、相手が欲する表情まで浮かべる。

「ええ。宗藤君は我が社が誇る天才研究員です」

そう胸を張った竹中室長は、アンジュロイドがいかに画期的で素晴らしい発明であるかを語り始めた。

「ロボット本体こそ、外資系のラルム・マニピュレーターというロボットメーカーとの共同開発ですが、人間そのものと言っても過言ではない動作を可能にした画期的なMR流体の発明、その新素材のヒステリシス現象を制御するシステムの開発はこの宗藤君の功績です」

さっぱりわからない。が、とにかくすごいことらしい。

「これまでMR流体デバイスの欠点は電磁石コアに使用する鉄心の重量が重くなることでした。それを宗藤君が軽量で高い飽和磁束密度を持ち、低コストで製造できる有機強磁性材料を開発したことで解決しました。これによりMR流体デバイスだけでなく電磁アクチュエーターの性能が格段に上がったんです」

全くわからない。が、とにかく驚異的な発明らしい。

首を傾《かし》げる私を後目《しりめ》に竹中室長はさらに続ける。

「アンジュロイドは介護対象者の生活を録画した映像を見せるだけで、搭載されている人工知能が最も快適な介護方法をはじき出し、体現するのです」

人が人に介護されるというのは、どうしても気を遣うものだ。その点、相手がロボットなら、介護される方はとても気が楽だろう。しかもそのケアが白衣の天使級の思いやりに満ち、自分の望むとおりのものだとすれば……。

——これから訪れる高齢化社会において、アンジュロイドは一条の希望の光。

こんな画期的なロボットを開発した宗藤麻里奈は、世間一般の人々が持つ理系女子のイメージを一新した。

それまでは私自身も、理系の女子学生は常に理論武装していて隙《すき》がない、見た目もちょっとクールな人、という偏見を持っていたような気がする。

そんなリケジョのイメージを宗藤麻里奈は打《う》ち砕《くだ》いた。彼女の言動や笑顔には人を和ませるような、どこかほんわかした親しみやすい可愛らしさがあるのだ。

メディアはこぞって彼女をリケジョの星に祀《まつ》りあげた。

報道番組からバラエティー番組まで、テレビに引っ張りダコの宗藤麻里奈。

——そんな人がこんなところに来るなんて、いったい何があったんだろう……。

今、ここに座っている宗藤さんにはテレビで見るような溌剌《はつらつ》さはなく、どこか憂鬱《ゆううつ》そうだ。

竹中室長はそんな宗藤さんを気遣うようにちらりと見てから続けた。

「先日、関係者の見守る中でアンジュロイドが老人をケアする様子を動画撮影して公開しました」

その様子は私もネットニュースやテレビの特集番組で見た。思わず、コーヒーを配る手を止めて、

「いやあ、すごかったです！　老人をベッドから抱《かか》えあげて車椅子《くるまいす》に乗せる様子には屈強な男性介護士のような力強さがあり、食事を老人の口に運ぶ様子には白衣の天使さながらの繊細な優しさがあって！　あの映像で初めてアンジュロイドを見た時、『絶対、中に人間が入ってるに違いない』って思いましたもん！」

その無駄のない動きが氷室そっくりだったからだ。

興奮しながらアンジュロイドを絶賛する私を、山王丸は冷たい目で一瞥し、咳払《せきばら》いをした。

私は口を閉ざして竹中室長の前にコーヒーを置く。

するとしばらく黙っていた竹中室長が言いにくそうに口を開いた。

「ところが、そのアンジュロイドが動かなくなってしまいまして」

「動かない？」

山王丸の目が鋭く光る。

「そうなんです。なぜか急に……」

憔悴《しょうすい》しきった様子の竹中室長が、メディケア・ロボティクスがアンジュロイドの完成を華々しくネットで発表した直後から、社内での作動実験が全く成功しなくなってしまったのだと語る。

「あれほどサクサク動いていたアンジュロイドが一ミリも動かないんです」

「そう言えば、ネットにあの動画は合成じゃないか、という噂《うわさ》が流れ始めてますよね？」

「ええ。まるで研究室での出来事を知っているかのように」

開発者である宗藤さんはずっと沈黙を守っている。竹中室長も彼女には声をかけられない様子だ。

「なるほど。内部情報が洩《も》れている可能性がありますね」

「断言はできませんが……その可能性は否定できません。だが、目下の危機は今週の金曜日に予定されているアンジュロイドのメディア発表です」

私は宗藤さんの前にコーヒーを置きながら、また声を上げてしまった。

「え？　メディア発表するんですか⁉　アンジュロイドが動かなくなったこのタイミングで？」

山王丸には睨まれたが、竹中室長は苦しい気持ちを吐き出すように話を続ける。

「実はアンジュロイドの動画を会社のホームページで公開した直後から、沢山のテレビ局からオファーを受けまして。いい宣伝になるという下心もありました。その時にはまさかこんなことになるとは思いもよらなかったものですから」

宗藤さんは何か言いたそうにしていたが、悲しそうに口を噤《つぐ》んでいた。

「テレビ局の取材を断れば、ネットに流れている噂を肯定することになります」

「だが、現状、アンジュロイドはメディアの前でも動かないでしょう」

いつものことだが、普通の人なら言いにくい言葉でも山王丸は平気で口にする。竹中室長は一瞬、弾《はじ》かれたような顔をしたが、すぐに気をとり直したように言った。

「それまでにメディケア・ロボティクスが総力を挙げて宗藤君をバックアップし、動作の不具合原因を突き止めます」

「金曜日……。猶予は今日を入れても、あと五日しかありませんが……」

山王丸の声は懐疑的なトーンを含んでいるように聞こえる。

「それまでになんとかします。メディケア・ロボティクスの威信にかけて」

「確認しますが、『実はアンジュロイドの動画は合成でした』と世間に謝罪するための依頼じゃないということでいいんですね?」

侮辱されたと思ったのか、竹中室長の顔は怒りを露わにし、赤く上気した。

「合成なんかじゃありません！　あれは本物の動画です！」

山王丸は「ふーん」と訝《いぶか》るような息を洩らして腕組みをした。

「では、私に何をしろと？　メディケア・ロボティクスが総力を挙げて、四日後のメディア公開を成功させるというのであれば、謝罪コンサルの出る幕はないのでは？　あなた方はどうしてここへ来られたんです？」

客に対してその言い方はどうかとは思う。が、山王丸が言うとおりだ。あと四日でどうにかなるのなら、メディア公開をする前から謝罪コンサルを頼ってくるのは矛盾している。

「ほ、保険ですよ。万一、失敗した時のための」

そう答える竹中室長の顔は引《ひ》き攣《つ》っていた。

「保険？　うちのコンサル料は保険にしては高すぎませんか？」

おまえが言うな、と私は心の中で静かに山王丸に突っこみを入れる。

「いえ。万一、実験がうまくいかず炎上した時のことを思えば、決して高くはありません。今、メディケア・ロボティクスはアンジュロイドの発明で世界中から注目を集めています。株価も五〇パーセント以上高騰しています。もし、メディアの前でアンジュロイドが動かないなんて事態になったら、大炎上は間違いない。研究室の代表である私は……いや、メディケア・ロボティクスは詐欺師《さぎし》呼ばわりされ、信用は株価と一緒に地に堕《お》ちるでしょう」

　それを聞いて山王丸はニヤリと笑った。

「なるほど。メディア発表がうまくいけば万事丸く収まる。そして万一、失敗しても介護用ロボットの先駆者として世間の信頼を裏切らないような会見ができればコンサル料など安いものだ、と」

「そ、そのとおりです！」

　竹中室長は自分の膝を叩《たた》いた。

――は？　メディア発表で失敗するってことは、アンジュロイドが動かない、つまり世紀の大発明がなかったことになるんだよね？　それでも企業としての信頼が揺らがないような会見をするなんてこと、できるの？　それって、どんな会見なの？

　だが、そんな私の疑問をよそに、竹中室長が続ける。

「そちらが提示されるコンサル料をお支払いします。謝罪会見が不要になったとしても。いや、不要になる可能性が高いとは思いますが」

　そう言った室長の頬《ほお》はピクピクと引き攣っていた。

　だが、本当は謝罪会見になる可能性も大いにあると踏んでいるからここへ来たのだろう。

　そんなことは百も承知であろう山王丸はニッコリと微笑《ほほえ》んだ。

「会見もせずに料金をいただけるなんて、なんともありがたい話ですが、我々もプロですから、準備は怠りなくやらせていただきます。その万一に備えるため、私たちなりの情報収集にご協力いただきたい」

「情報収集？」

聞き返す竹中室長の目がキラリと光ったような気がした。

「ええ。うちのスタッフがメディケア・ロボティクス内に立ち入る許可をいただきたい。もちろん、守秘義務契約を結ばせていただいた上で」

「やむを得ませんね。万一の保険のためには……」

あっさりうなずいた竹中室長は契約書を交《か》わし、宗藤さんと一緒に二階の事務所を出た。私もふたりを見送るために外階段に立ってお辞儀をした。

「宗藤君。私はまだ寄るところがあるから、先に研究室に帰っていてくれ」

視線を伏せ、黙っていた宗藤さんは「はい」とうなずき、先に階段を下りていく。その彼女の姿が見えなくなってから竹中室長が「実は……」と思いきったように口を開いた。

「お恥ずかしい話ですが、うちの研究室は人間関係がよくないのです……」

竹中室長は眉根《まゆね》を寄せ、語尾を沈めた。

「人間関係？」

「アンジュロイドは研究室が一丸となって開発を行いました。だが、主任研究員が若い女性ということもあって、宗藤君だけにスポットライトが当たってしまった。快《こころよ》く思っていない研究員もいるでしょう」

「それって、アンジュロイドが動かなくなった理由が技術的なものじゃなくて、研究室の中の誰かがわざと不具合を起こしてる可能性があるということですか？」

「いや。これはあくまでも私の憶測なので、メンバーを疑うわけにはいきません。宗藤君に誰かに恨まれてないか、なんてデリケートな質問もできないし」

先に宗藤さんを帰したのは、彼女に知られることなく、私にこの話をしておきたかったからだろう。

「つまり、人間関係も含めて調査してほしいと？」

「もちろん、私の憶測については内密で」

さっきまでは堂々として見えたが、実はとても気の小さい人らしい。

私は竹中室長を見送ってから、一階の事務所に戻った。

そして、定位置である受付に座り、竹中室長の頼みを山王丸に伝える。

「なるほど。研究室内の人間関係か……。内部に不和があって、メディア発表を阻《はば》む不穏分子がいるとすれば成功するはずがない。内部調査も含めての依頼だったんだな。情報収集のための立ち入りをあっさり認めたはずだ」

「それにしても、さすが先生ですね。メディア発表でアンジュロイドが動かなくても、企業として世間の信頼を裏切らないような謝罪会見ができるなんて」

山王丸にしかクリアできない難題だ。

ところが、天井を見上げたままの山王丸が、私の顔すら見ずに、

「そんな会見、できるわけないだろ」

と、あっさり答える。

「は？」

「アンジュロイドは迫りくる高齢化社会にとって希望の星だ。金の生る木だ。あの滑《なめ》らかな動きを見せていた動画が本物なら、災害地での危険な作業も可能だ。様々な分野に応用できる大発明だ。それが実は動きませんでした、なんて言った瞬間に株価は暴落、株主は怒りまくり、アンジュロイドとの夢のような老後を夢見ていた人々は大ブーイングだ」

「ですよね？　じゃあ、どうしてそんな危険な依頼を受けたんですか⁉　失敗したら炎上必至じゃないですか！」

疑問をぶつけずにいられなかった。

「理由はふたつある」

仰向けになっている山王丸が腕組みをする。

「ふ、ふたつもあるんですか？　こんな無理ゲー案件を引き受けた理由が？」

「ひとつ目は我々の謝罪会見が炎上したとしてもメディケア・ロボティクスから訴えられることはないということ」

「どうしてそんなこと、言いきれるんですか？」

「室長の竹中はアンジュロイドが動かなくなったことをまだ会社に打ち明けてない様子だからだ」

それはなんとなく私も感じていた。部下にさえもあれほど気を遣っているノミの心臓。上層部にこの窮地を報告できるはずがない。

「ここへ来たのはあの男の独断だろう。保身のためとはいえ、相談料を自腹で出すとは大手企業の室長クラスとは相当な高給とりらしい」

研究責任者としてアンジュロイドの存在が疑われるような事態になれば、彼の社内での立場は危ういものになるだろう。だが、アンジュロイドが動かなくなったことを会社に隠してこのままメディア公開に踏みきり、株価が暴落するような事態になれば、竹中室長は会社を追われるに違いない。確かに山王丸を訴えるどころではなくなるはず……。

「直前に我慢できなくなって上司に打ち明ける可能性は残ってますけど……。で、もうひとつの理由は何ですか？」

「勘だ」

「はあ？　勘？」

「宗藤麻里奈は何かを隠している。それがわかればアンジュロイドは再び動き出すような気がする。アンジュロイドさえ動画どおりに動けば謝罪会見の必要はないし、労せず金も入る」

つまり、山王丸はあの動画を本物だと信じているということだ。私も竹中室長や宗藤さんが嘘をついてるとは思わないし、あの動画も本物だと信じたいのだが……。

「それって、もしかしてすべてがタラレバなのでは？」

「まあな」

これがかなりの綱渡りだということは私にもわかる。だが、山王丸は平然としていた。

「俺にはアンジュロイドが動かなくなった原因を宗藤麻里奈が知っているように見えた」

「え？　原因がわかってるのに隠してるってことですか？　どうしてそんな自分を窮地に陥れるようなことを……」

「それを探るのがおまえの仕事だ」

「でも、どうやって？」

私の質問の途中で、山王丸が、

「氷室、できたか？」

と、ＯＡデスクの前に座っている氷室に声をかけた。

「はい。完璧《かんぺき》です」

立ちあがった氷室がストラップつきのカードを差し出す。

「なんですか、これ？　まさか、この偽造ＩＤで研究室に進入しろと？　だ、大丈夫なんですか？」

「メディケア・ロボティクスの人事データにアクセスして作成しました。まあ、偽造ですが、データベースの方も改竄《かいざん》してあるので、このＩＤカードは本物と言えば本物です。光希さんは明日から宗藤さんと同じ部署に配属されるアシスタントです。ただし、宗藤さんには気づかれないようにしてください。今日、お茶出しの際に顔を見られていますから」

まあ、室長の竹中氏と守秘義務契約を結び、内部調査を許可されているのだから問題ないのだろうが……。

「わかりました！　変装してメディケア・ロボティクスに潜入します！」

日本でも有数の企業に入りこみ、スパイのように潜入捜査をする。想像するだけでドキドキした。

3

そして次の日。

秋晴れの爽やかな朝、私は度の入っていない黒縁眼鏡《めがね》と安物の三つ編みウイッグを装着した。そうやって自分の中のリケジョのイメージを体現し、大手企業に足を踏み入れた。

正門脇《わき》にあった警備室の窓口でIDを見せると、警備員さんが「この建物の七階に行ってください」と赤ペンで正門からの経路を記した構内図を渡してくれた。

――す、すご……っ。大学みたい。いや、それ以上の規模だ。

敷地《しきち》の広さに圧倒された。構内には人工芝が敷き詰められ、コンクリートの広い道が縦横無尽に走っている。ざっと見回しただけで五つほどのビルが立ち並んでいる。

構内図がなければ絶対に辿《たど》り着けそうにない。マップを頼りに目的の建物を探した。

五分ほど歩いて、研究本部棟という表示のある建物の前に着いた。目指すアンジュロイドの研究室はこの七階建てビルの最上階にあるはずだ。

おっかなびっくり入り口の横にあるセキュリティボックスにIDをかざした。

ピッ。電子音がしてガラスのドアが開く。氷室の作った偽造IDは難なく研究本部棟入り口のセキュリティを突破した。

建物の一階の壁と床は大理石張りで、ちょっとしたシティホテルのようだ。

恐る恐る中に足を踏み入れると、右手にエレベーターホールがあった。

「えっと、最上階だっけ」

緊張しながらエレベーターに乗り、七階のボタンを押した。

あっという間に最上階に着いたものの、広すぎて右も左もわからない。

ふと、ホールの壁に各部署の配置マップがあるのに気づいた。

「現在地がここだから……。右に行って……左折……かな？」

マップを頭に入れて歩を進めると、すぐに二足歩行ロボット研究室と書かれたプレートの貼られたガラスの扉に辿り着いた。

その扉にもセキュリティボックスがある。

――どんだけ厳重なの？

いや、企業とはそんなものなのだろう。しかも、ロボット開発なんて最先端技術の集合体だ。私には想像もつかないような重大な機密を扱っているに違いない。なのに……。

ピッ。東洋の至宝の手にかかれば、厳重なセキュリティもあっさりクリア。

――ここから先が世界でも最先端の研究をしている場所か……。

扉を押すと、通路の右側にずらりとガラス窓が並んでいた。

「マニピュレーター研究室」「アクチュエーター研究室」「新素材研究室」などなど研究している内容ごとに部屋が分かれているらしい。それぞれの研究室の中を眺《なが》めながら更に足を進めると、通路の中ほどに『アンジュロイド研究室』と表示のある扉があった。

こちらのセキュリティボックスにもＩＤをかざす。ジー、カチリ、とロックが解除される音がした。

「あら、あなたが今日から配属になる新人？」

解除されたドアノブに手をかけた瞬間、背後から声をかけられドキリと肩が跳ねた。

「は、はい。篠原光希です。ど、どうぞよろしくお頼み申します」

急に声をかけられたせいで焦ってしまい、珍妙な挨拶《あいさつ》をしてしまった。

「うふふ。もしかして江戸時代からタイムスリップでもしてきた？」

さらりと流され、余計に恥ずかしい。ペコリと頭を下げてから相手を見ると、難しい研究をしている人のイメージからはほど遠い、派手な女性が立っている。二十代半《なか》ばだろうか。真っ赤な唇《くちびる》と、ゆるく巻いた栗色《くりいろ》の髪。膝上丈《たけ》のワンピースの上に白衣を羽織《はお》っている姿は、ドラマに出てくる失敗しない女医のようだ。

宗藤さんを見た時も、あまりの可愛さに私の中のリケジョに対するイメージが一新されたのだが……。

――こんな色っぽい女優みたいな人までいるんだ。

思わず見とれた。

「私、ここの研究員で松山亜紀《まつやまあき》。よろしくね。さ、どうぞ、入って」

松山と名乗った女性は、あたかも自分の部屋に友人を招き入れるような態度で研究室のドアを開けた。

中は少し殺風景なオフィスといった雰囲気だ。

「こっちが研究室とか事務室とか呼ばれてるフロアで、奥が実験室ね。あっちで実験をして、こっちの研究室で報告書とか技報とか論文とか、いわゆるレポートを書いたりするの」

彼女が指さし、実験室と呼んだ部屋はガラスのパーテーションで事務室と仕切られている。中にはベッドやソファ、浴槽やトイレや洗面台、車椅子もある。ここで介護ロボットの動作実験やテストをするのだろう。

——あ、アンジュロイドだ……。

介護施設の要所要所を再現した実験室の隅《すみ》にヒト型ロボットが一体、ひっそりと立っている。微動だにせず……。

実験室の中をボヤッと見回している私に、松山さんが言った。

「早速だけど、そこの資料、十部ずつコピーして。終わったら、この手書きのデータをPCに打ちこんでくれる？　雑用ばっかで悪いけど」

「お任せください。前の職場では雑用の鬼と呼ばれていました」

経歴をちょっぴり盛って、指示された書類を手にとった。

「松山さんもアンジュロイドの研究をしてるんですか？」

コピーの前に行き、さりげなく探りを入れてみる。

「ええ、そうよ。世間は宗藤麻里奈ばかり持ちあげてるけど、ロボット研究はこの研究室のメンバー全員でやってるの。竹中室長が宗藤さんを主任研究員に抜擢《ばってき》したもんだから、彼女ばかりにスポットライトが当たってるけどね」

「そうなんですか?」

「そっ。宗藤さんは室長と同じ大学出身の後輩だから、えこひいきしてるのよ」

その言い方には宗藤さんに対する不満と敵意のようなものが感じられた。もっと色々なことを聞いてみたい衝動に駆られる。が、一度に質問すると怪しまれそうだ。

作戦を練りながら黙ってコピーをしている私に、松山さんが、

「じゃ、私、実験室にいるから。何かあったら呼んでちょうだい」

と言い残し、ガラス張りの実験室へ入っていった。そして手前の方のテーブルで人間の手にそっくりなメタリックの機械を動かしている。

——はぁ〜。すごいな。あんなの開発しちゃうんだ……。

松山亜紀さんはとても気位が高そうだ。そして、宗藤さんへのライバル心が感じられる。

バッグからこっそり愛用の大学ノートを出して、この研究室の相関図を書いてみた。

宗藤さんを中心に据え、上に竹中室長(上司)、横に松山亜紀(同僚)、そして松山さんの発言の一部を書きこんでまたノートをバッグに戻した。

その後は粛々《しゅくしゅく》とコピーを続けていた。

しばらくして、ガチャリ、とロックが解除される音がした。

振り返ると、少し小柄《こがら》な白衣の女性が事務室に入ってくるところだ。

——ヤバっ！　宗藤さんだ！

もし、顔を覚えられていたらいけないと思い、なるべく彼女の方を見ないようにしていたのだが、宗藤さんの方から、「あなたが竹中室長の言ってた新しいアシスタントさん？」と柔らかく声をかけてきた。

「あ。はい。篠原です。よろしくお願いします」

なるべく目を合わせないようにして素早く頭を下げた時、「あら？」と宗藤さんが声を上げる。

——まさか、もう身バレした？

ドキリとしたが、彼女が見ているのは私の顔ではなく、肩にかけているトートバッグのようだ。

「そのノート……！」

お気に入りのトートバッグが小さいせいで、大学ノートはいつも少しだけ頭を出している。

「え？　こ、これは私の愛用のノートですけど何か？」

「それ、見せてくれない？」

「え？　これをですか？」

ヤバい。さっき、この研究室の相関図をメモしてしまった。しかも、謝罪コンサルの打ち合わせにも使っているので、見られたら私の正体がバレてしまうかも……。

「や、こ、これはちょっと……」

「見せて！　どうして隠すの⁉」

宗藤さんは渋る私から無理やりバッグを奪いとろうとする。その必死さは何かにとり憑《つ》かれているかのようだ。

「ダ、ダメです！　これは……！」

抵抗したが、相手の強引さと気迫に圧倒され、バッグごとノートを奪われてしまった。

「やめてください！　見ないで！」

なんとか奪い返そうとしたが、宗藤さんはパラパラとページをめくってしまった。

『竹中室長は宗藤さんをえこひいき』

と書いたページが開かれている。

が、宗藤さんは一瞬、ノートに視線を落としただけで、すぐに閉じ、「ごめんなさい」

と私に返した。

「ノートがどうかされたんですか？」

「いいえ。なんでもないの。本当にごめんなさい」

そう寂《さび》しそうに言って宗藤さんは実験室に入っていった。

——何？ さっきの宗藤さんは尋常じゃなかった。

私からノートを奪った時の宗藤さんは目が血走り、鬼のような形相をしていた。

4

翌朝もメディケア・ロボティクスの最寄り駅を出て職場へと向かって歩きながら、スマホで山王丸に連絡を入れた。昨日のことを報告するためだ。

「というわけなんです」

すると山王丸が『ノートか……』と独《ひと》り言《ごと》のようにつぶやくのが聞こえた。

『研究室にボイスレコーダーを仕込んでみるか。光希がいない時間帯に何か動きがあるかもしれないからな。今夜、氷室をアンジュロイド研究室に潜入させる』

「じゃあ、私が案内します！」

張りきって返事をして通話を切った。

その日も定時まで研究室で昨日と同じ雑用をこなした。実験室では宗藤さんを含む数名の研究員がアンジュロイドを触っていたが、動く気配はなかった。

五時になって、私はいったん自宅に戻った。軽く休憩してから、再びメディケア・ロボティクスの近くにある喫茶店に向かった。そこで氷室と落ち合い、時間を見計らって潜入することになっていたからだ。

「アンジュロイドのことなんですけど、次のメディア公開までに動くと思いますか？」

夕飯のピラフを頬張りながら、氷室の意見を聞いてみた。

「僕はロボット分野に関しては門外漢ですが」

と、彼はビーフカレーをスプーンですくい、感情のこもらない口調で前置きしてから話を続ける。

「普通に考えて、先端技術の開発にはあらゆるアクシデントを想定してデータ保存やバックアップをしているものです。どこかで不具合が起きたとしても、ほつれが起きたところまで戻って修正したり、どこかが破損しても保存しているデータを使って再現したりできるように。にもかかわらず、サクサク動いていた精密ロボットが急に動かなくなったのは、何かとんでもないアクシデントが起きたからでしょう」

「とんでもないアクシデント？　それはいったい……」

「それはわかりませんが、アンジュロイドをアクシデントが起きる前の状態に戻せない限りメディア公開は一〇〇パーセント失敗するでしょう」

「す、するでしょう、って明日の天気予報みたいな言い方してますけど、アンジュロイドが動かなかったら謝罪会見することになるんですよね？」

「そうなりますね」

「そうなりますね、って……。けど、この前の山王丸先生の話だと、メディア公開が失敗したら会見も炎上しちゃうじゃないですか！」

「普通に考えればそうなりますね。僕も今回ばかりは山王丸先生に初黒星がつくんじゃないかと不安です」

不安だと口にしながらも、私と違って私情には全く左右されない様子の氷室が、ライムの浮かんだペリエに手を伸ばす。私も冷静にならなくては、と自分を落ち着かせながらブラッドオレンジのジュースをストローで吸いあげた。

その時、氷室がそれまでのトーンと全く変わらない飄々《ひょうひょう》とした態度で、

「ところで光希さん」

と、話題を変える。

「はい。なんでしょう？」

「光希さんは僕に好意を持っているんですよね？」

「ぶはっ！」

装っていた冷静さのバリアを軽く飛び越えてきた質問に、飲んでいたジュースを噴き出しそうになった。

「僕はあなたにとても興味があります。自分と対極にいるあなたに」

出た……。私に劣等感を覚えさせる対極発言。いったい、どういう思考回路で私が自分に好意を持っていると思ったのだろうか。

私はなんとか無事ジュースを飲み込んで、正面に座っている生き物を見つめる。――この人の思考回路が理解できない。

「僕はあなたの要領の悪い仕事ぶりや理解に苦しむ不条理な言動に違和感という名の興味を持ち、そっと見守りながら、とても親切にサポートしているつもりです」

「え？　サポート？」

それって、私の意に反して一階の事務所を修繕したり、私の能力に合わせて情報を小出しにしているというアレのことだろうか。

「はぁ……。まぁ、親切っちゃあ、親切……なん……ですかね……？」

首を傾げながら、曖昧《あいまい》に肯定してしまった。

「そして、最近のあなたはやたら僕にアイコンタクトしてきたりしますよね。これらのデータを集積した結果、導き出された解はただひとつ。親切な僕に対してあなたの中に好意が芽生《めば》えた、としか思えません」

「はあ？」

アイコンタクトって、睨んだことしかないような気がするのだが……。

何にしても、それらは好意から出た行動ではない。

「いや、あれは……」

「そういったあなたの好意を目の当たりにするたびに、僕は動悸《どうき》や息切れといった生体反応を起こしているのです」

「え？　そ、そうなんですか……。それは、すみませんでした。私、そんなつもりじゃ……」

彼のピント外れな生体反応こそ理不尽だと思いながらも謝罪し、なんとか誤解を解こうとしたのだが、彼は私の反論を遮《さえぎ》るように続けた。

「実はこのかつて感じたことのない異常な生体反応について、先日、山王丸先生に相談してみたんです」

「え⁉　山王丸先生にそんな話をしたんですかッ？」

あの悪魔に？

「しました」

「う、嘘……。そ、そしたら……？」

聞くのが恐ろしかった。でも、聞かずにはいられなかった。

「そしたら山王丸先生が『それは恋だ』と」

「マジか……」

――見える……。山王丸の悪魔の囁《ささや》きに、『これが……恋？』とアンドロイド氷室が胸に手をやって愕然《がくぜん》とつぶやく姿が……。

「そして、先生はこうも言いました。先生の見たてによると、光希さんも僕のことを憎からず思っているようだ、と。憎からず、というのは形容詞の『にくし』の未然形に打ち消しの助動詞『ず』をつける連語、好感が持てる、という意味です」

「はぁ⁉ 違います！ 先生は面白がってるだけです、絶対に！ 氷室さん、ダメですよ！ 真に受けたりしちゃ。私は……」

氷室への好意を否定しようとした私に手のひらを見せ、「待ってください」と静かに遮った。

「女性であるあなたの口から告白させるつもりはありません。それは野暮なことだとものの本にも書いてありました。まずはお友だちから始めましょう」

ドヤ顔だ。自分にはちゃんとモテる男としての常識もあるのだ、と言わんばかりの。

「まずはお友だちから始めて、その結果、僕の優秀なＤＮＡとあなたの凡庸《ぼんよう》なＤＮＡを併せ持つことになる子孫の未来については追い追い考えるとして」

「は⁉ 子孫⁉」

つまり、それって、私たちは結婚前提を飛び越えて出産前提のお付き合いを始める段階にいるということなの？

「いやいやいや。ちょっと待ってください。私は……」

私には氷室に対する恋愛感情など微塵《みじん》もない。完全に誤解だ。というか、彼は山王丸にそそのかされている。けれど、ここまで思いこんでいる相手を傷つけることなく、やんわりと好意を否定する言葉が見つからない。

私にはあなたがアンドロイドにしか見えません……いや、それは彼の人間性を完全否定するひどい言葉だ。私はあなたを異性として意識したことがありません……いや、それも男性として傷つくよね。こう見えても、子孫の心配をするほど盛りあがってるんだから。

私が言葉を選んでいるうちに、氷室が腕時計に視線を落として立ちあがった。

「あ。もうすぐ九時です。そろそろ行かなければ」

氷室がアクセスした勤怠データによると、研究室のスタッフは九時には全員が退社して無人になるという。

「え？　あ。ほんとだ。もうこんな時間。十一時には見回りの警備員さんが研究棟に来ちゃうんですよね？」

自由に動けるタイムリミットは二時間だ。

「じゃ、この件については改めて」

あっさりとプライベートの重大案件を棚上げしたまま氷室は席を立った。

メディケア・ロボティクスの正面玄関は既に閉まっていたので、その横にある守衛室でIDカードを提示した。年配の守衛さんがPCにIDのナンバーを入力し、画面と私たちの顔を見比べている。どうやらデータベースには顔写真もあるようだ。

「お疲れ様です」

自動で門が開き、難なく侵入成功。

昼間は緑が鮮やかだった構内の芝生も夜の帳《とばり》に包まれ、所々に外灯がぽつんぽつんと点《とも》っている。

コンクリートの歩道を奥へと歩きながら、何気なく研究本部棟を見上げた。

「あれ？　まだ、誰かいるようですね」

最上階の窓のひとつから灯《あか》りが洩れている。研究室があるあたりだ。

「ほんとですね。ここ数ヵ月、九時には七階フロアの全社員が退社していたのに。どうして今夜に限って……」

勤怠データを確認した氷室も首を傾げる。

「この時間に誰かがいるなんて……。とりあえず、こっそりのぞいてみましょうか」

七階でエレベーターを降りると、フロアは薄暗かった。通路や研究室は非常灯が間接的に床や壁を照らしているだけ。が、外からも見えた研究室あたりにだけは煌々《こうこう》と電気が点っている。姿勢を低くし、アヒルになりきって近づき通路の窓からそっと中の様子をのぞいた。

「あ……！　宗藤さんだ」

彼女は事務室の床に這いつくばってデスクの下をのぞきこんだり、キャビネットの隙間をチェックしたりしている。

――宗藤さん、なんでこんな時間に……。しかも、白衣ではなくて私服姿……。

宗藤さんは捜し物をしている様子だった。たぶん、研究室の同僚には知られたくない何かを捜している。

思い当たるのはノート。私のノートをバッグごと奪った時の必死な顔を思い出す。

事務室の床に這いつくばっている宗藤さんの姿に目を凝《こ》らしたその時だった。

通路の扉の向こうからコツコツというヒールの音と男女の笑い声が聞こえてきた。

「誰か来たようですね。隠れましょう」

氷室に小声で促《うなが》され、私たちは通路の中ほどにあるトイレの入り口に身を隠した。

「うふふ。ジロちゃんたら」

ジロちゃん？　トイレの扉の陰《かげ》から一瞬だけ顔を出して通路の様子を見る。

え？　今度は松山さんが来ちゃった！

歩いてきた松山さんは大きく肩の開いたワンピースを着ていた。昼間の白衣の下にミニスカートというのも色っぽいが、今夜の私服は一段と色香が強く漂っている。

妖艶《ようえん》な笑みを浮かべて、後ろを振り返る松山さん。彼女と一緒にいるのは、それまでアンジュロイドの研究室では見かけなかったスーツ姿。すらりとした男性だ。ぱっと見は一流企業の社員といった風情だが、ネクタイをゆるめているせいか、こちらの男性もどこか色気のようなものを感じさせる。

——あれ？　研究室の電気が消えてる。いつの間に？

トイレの入り口に身を潜めながら、真っ暗な研究室に入っていくカップルを見ていた。彼らはなぜか電灯をつけず、緑色の非常灯で微《かす》かに照らされている実験室へ入っていった。

気がつけば、松山さんは丈の短いワンピースの上に白衣を羽織っていて、ますます失敗しない女医のようになっている。

——こんな夜中にふたりで何か秘密の実験でもするの？　灯りもつけないで？

実験室に移動したふたりをじっと見守っていると、男性がいきなり背後から松山さんを抱きしめた。微動だにしないアンジュロイドの前で。

「わ……っ！」

意外な展開に私は思わず声を上げそうになる口を両手で押さえた。

色っぽく笑いながら振り向く松山さんを、男性が実験台の上に押し倒した。

——な、な、何やってんの？　こ、こ、こ、こんなところで。

思いもよらなかった成り行きに思わず赤面しながら氷室の顔をチラッと盗み見ると、彼は実験室の中の様子をガン見している。

――氷室さんったら、他人の情事をそんな露骨に……。

彼の品性を疑った私だったが、氷室はすぐに目を閉じ、自分の記憶を呼び起こすように、

「どこかで見た顔だ……。ジロちゃん……。ジロちゃん……」

とつぶやいている。そして、ハッと目を開けた。

「思い出しました。あの男は新井次郎《あらいじろう》です」

「え？ 氷室さん、知り合いなんですか？ あの不埒《ふらち》な男と」

「知り合いというわけではありませんが、新井次郎は僕が小学六年生の時に出場した計算オリンピックの準優勝者です。挨拶すらしていませんが、授賞式の時に同席しました」

「は？ 小学生の時に一度だけ会った人を覚えてるんですか？」

「ええ。あの時、小学生部門で優勝した僕の成績は百点満点。二位の新井次郎の点数は八十五点。国内にはもう僕を本気にさせるライバルはいないのだろうか、という絶望感を味わわせた人物ですからね」

「その例によって自慢なんだか悲しい記憶なんだかよくわからない話は置いといて。どうしてここにその新井君がいるんですかね？ そんなに優秀な人なら、ここの研究員という

 こともあり得ますけど……。ただ、昼間は見かけませんでした」

私がそう尋ねると、氷室はまた少し考えるような顔をした。が、すぐに、

「いいえ。メディケア・ロボティクスの正社員、派遣社員リストに新井次郎の名前はありませんでした」

と、答えをはじき出す。覚えてるんだ、数千人はいるであろう従業員リストを。感心するというよりはそら恐ろしい記憶力だ。忘れっぽい私が、このDNAを受け継いだ子供を育てるなんて無理だ。

いや、とりあえず、今それは置いといて、新井次郎が部外者だとしたら……。

「社員以外の人間と一緒に、わざわざ夜の実験室に忍びこむなんて……。ただ単に松山さんのカレ氏なんでしょうか。それも、白衣とか実験室というシチュエーションで燃えるヘンタイカレ氏」

「光希さん。愛のカタチは人それぞれです。愛にヘンタイはありません」

「やめてください。出産前提でのお付き合いを申しこまれた今、氷室さんからそんな話を聞くと生々しすぎて吐《は》きそうです」

お互い敬語でヘンタイの定義について、トイレの入り口で声を押し殺して交わしている私たちもどうかしている。

だが、今はそんなヘンタイ論よりもミッションを遂行しなくては。

氷室も同じことを考えたのだろう、

「無人になるのを待つしかないですね」

とつぶやく。

「そう言えば、宗藤さんはどこへ行ったんでしょうか」

捜し物をしていた彼女と新井次郎を同伴して研究室に入っていった松山さんが中で鉢合わせになった気配はない。

私たちが気づかないうちに出ていってしまったのだろうか。

それから十分ほど実験室でイチャイチャした松山さんとヘンタイカレ氏は腕を組んで研究室から出てきた。

「ジロちゃん。そろそろ一緒に住まない?」

研究室の前を離れながら松山さんが甘えるように言う。

「考えとく」

素っ気《そっけ》なく答えた新井は、松山さんと並んで足早に通路を歩き去った。

彼らが突き当たりにある扉のロックを解除して外へ出たのを見届けて、私たちは真っ暗な研究室に潜入した。

「えっと……電気のスイッチは……」

昼間見た研究室の景色を思い出すが、暗くてスイッチの場所がわからない。

「あ、あった、あった」

手探りで電気をつけた。

——あれ？

ふと、一番奥のデスク前にある椅子が妙に飛び出しているのが気になった。その椅子を何気なく引いた時、デスクの下で体育座りをしている人影が見え、私は腰を抜かしそうになった。

「ひ……っ！　え？　あ、あれ？」

デスクと一体化しようとでもするかのように、じっと固まっているのは宗藤さんだ。

「む、宗藤さん⁉　地縛霊《じばくれい》かと思いました」

宗藤さんが松山さんたちと鉢合わせになった気配がなかったのは、彼女が咄嗟《とっさ》にデスクの下に隠れたからだろう。

「篠原さん……」

彼女は驚いたように目を瞬《しばたた》く。まさか採用されたばかりのアシスタントがこんな時間にいるとは思わなかったのだろう。

が、宗藤さんは見られたのが松山さんではないことに少し安心した様子でノロノロとデスクの下から這い出てきた。そして、膝のあたりの埃《ほこり》を払いながら咳払いをしてから私を問い詰めた。

「篠原さん。こんな時間に、何しにここへ？　まさかあなたたちも実験室で……」

私の背後に氷室が立っているのを見た宗藤さんの目に軽蔑《けいべつ》の色が混ざる。

「ち、違います！　忘れ物して。夜だし、怖いので知り合いについてきてもらったんです」

出まかせだったが、我ながら至極真っ当な理由だ。

「そうなんだ。じゃあ、さっさと持っていってちょうだい。部外者を連れこんだことがバレたら大問題になるわ」

「す、すみません！　すぐに出ます！」

私は忘れてもいない何かを捜すふりをしながら、「けど……。宗藤さんはどうしてあんなところに隠れてたんですか？」と尋ねた。ICレコーダーを隠す場所を密《ひそ》かに物色している氷室から彼女の意識を逸《そ》らさせるために。

「それは……」

「みんなが退社した時間にここに来た理由は、ここでしていたことを他《ほか》の研究室の人に知られたくなかったからなのでは？」

ずばり聞いてみた。

「ここでしていたことって……私は何も……」

ごまかそうとしているが、やましいことがなければデスクの下に隠れる必要がないことは、宗藤さん自身もよくわかっているはずだ。

「私には宗藤さんが何かを捜してるように見えました」

私は忘れ物を捜すふりをやめ、宗藤さんと向き合った。

氷室は宗藤さんの死角に入り、狙《ねら》いを定めたキャビネットとキャビネットの隙間をのぞきこんでいる。

「捜し物なんて……してないわ……」

躊躇《ためら》うように言い淀《よど》む宗藤さんに鎌《かま》をかけてみた。

「あなたが捜してるのはノートですか？」

「い、いいえ！」

否定しながらも、大きな瞳《ひとみ》が左右に泳いでいる。私のノートを奪いとった自分を思い出しているはずだ。

その時、氷室がボイスレコーダーをキャビネットの隙間に装着したのが見えた。にもかかわらず、彼はなぜか実験室に入って何かしている。

仕方なく、私は宗藤さんとの会話を続けた。

「宗藤さん。私を信用してもらえませんか？　もし、あなたが何か困ってることがあるのなら……、もし、私で何か力になれることがあるのなら……」

時間稼ぎではなく、心からそう訴えた。なぜなら宗藤さんと私たちは同じ舟に乗っているのだから。

けれど、宗藤さんはピシャリと言った。

「あなたに助けてもらうようなことは何もありません！　私は残ってレポートを書いてただけ！　終わったので、もう帰ります！」

叫ぶように拒絶し、研究室を飛び出していく。

「あ！　待って！　暗いし、一緒に帰りましょう」

宗藤さんを追いかけるようにして研究室を出た。

氷室は実験室でまだ何かしていたが、彼を待ってはいられなかった。このまま溝ができてしまっては彼女から何も聞けなくなってしまいそうだ。

「待ってください！　宗藤さん！」

ちょうど会社の正門を出たところで彼女に追いついた。が、宗藤さんは私の方を見向きもせず、足早に先を歩いていく。

大通りに出る手前まで来た時だった。カシャッという音がし、あたりが一瞬、明るくなった。

——何⁉

次の瞬間、植えこみの陰から男が飛び出してきた。男のかまえたカメラが光り、またカシャッと音がする。

男は私たちの行く手を阻むように立ちはだかり、連写した後で、ぶしつけに聞いた。

「宗藤さん。週刊凡春《ぼんしゅん》です。ちょっとお話を聞かせてもらえませんか？　アンジュロイドの実験がうまくいっていないというのは本当なんですか？　全く動かないって噂ですけど」

写真週刊誌の記者が、どうして研究室の内部情報を知ってるの？

待ち伏せていた男の質問に、宗藤さんはただじっと俯《うつむ》いている。

「本当はあの動画自体が合成なんじゃないですか？　あんなに人間そっくりに動くロボットなんておかしいでしょ」

記者はしつこく詰め寄る。

「やめてください！　こんな時間に！　ご近所に迷惑です！」

私は抗議の声を上げ、宗藤さんを撮らせまいと必死で庇《かば》った。

「どけよ！　俺は彼女に聞いてんだよ！　あんた、邪魔なんだよ！」

記者に突き飛ばされ、私はアスファルトの道路に転がった。

「い、痛い……！」

宗藤さんが慌てたように私の傍《そば》にしゃがみこんだ。

「だ、大丈夫？」

「大丈夫です。ちょっと膝を擦りむいただけで」

私は立ちあがって記者に迫った。

「あなた、勝手に写真なんか撮って、どういうつもりなんですか？　宗藤さんがあなたに何か悪いことしたんですか？」

だが、記者は怯《ひる》むことなく平然と言い返してきた。

「したんじゃないか？　って聞いてるんですよ。会社とグルになってありもしない発明をでっちあげてるんじゃないかって！　俺を含む世間を欺《あざむ》いてるんじゃないかって！」

「誰がそんなこと、言ってるんですか？　もしそれが真実じゃなかったら、名誉棄損ですよ？　それに、私、今、あなたに突き飛ばされて怪我《けが》をさせられました。病院に行って診断書とって訴えることだってできるんですよ？」

ヒリヒリ痛む手のひらを前に突き出して強く抗議すると、

「ちっ！」

と記者は舌打ちを残して走り去った。

遠ざかる後ろ姿を見て、私はほっと安堵《あんど》の息をついた。今ごろになって、自分の膝がガクガク震えていることに気づく。

「篠原さん、庇ってくれてありがとう……。足、本当に大丈夫？」

「いえいえ、これぐらい。私のことより宗藤さんこそ大丈夫ですか？」

そう尋ねると、彼女は悲しそうにうなずいた。

「ちょっと、そこで傷の手当て、しましょ。私、絆創膏《ばんそうこう》、持ってるから」

そう言って宗藤さんはバス停のベンチを指さした。

「帰ったらちゃんと傷口を洗ってね」

宗藤さんはティッシュでそっと擦りむいた部分に滲《にじ》んでいる血を拭い、優しく絆創膏を貼ってくれた。

「ありがとうございます」

私がお礼を言うと宗藤さんは何かを言いかけた。が、躊躇うように沈黙し、それから一呼吸おいて、思いきったように口を開いた。

「私……。ちょっと感動しちゃった」

「え？　感動？」

「体を張って私を助けてくれたあなたのこと、信じてみるわ」

そう言って少し唇の端《はし》を持ちあげたものの、宗藤さんはしばらくの間、躊躇うように目を伏せていた。

が、やがて意を決したように顔を上げて口を開いた。

「前日までサクサク動いていたアンジュロイドが突然、動かなくなったのは十日前のことなの」

そう前置きをして宗藤さんは自分に降りかかった悪夢について語り始めた。

「原因を突き止めるのに二日ほどかかったけど、アンジュロイドの血液ともいえるMR流体が変質してしまってることがわかったわ」

だが、その原因はわからなかったという。

「ロボット本体に関する資料、そしてそれを制御するAI機能に関するデータについてもすべてPCの共有フォルダーに保存されてる。一番苦労したMR流体の基本配合も。研究室の皆もそれが情報のすべてだと思ってるから、データどおりにMR流体を再現しているにもかかわらず、アンジュロイドが作動しなくてパニックになったわ」

「つまり……PCに入ってるデータがすべてじゃなかったってことですか？」

「そう。アンジュロイドのキモ、試行錯誤を繰り返した新しいMR流体は材料の基本配合以外に微量の素材が入っているの。その微量素材の配合詳細だけはPCに残さず、ノートに書いて常に携帯するようにしてたの」

「つまり、わずかな分量の素材であってもそれが配合されていないMR流体ではアンジュロイドは動かないってことなんですね？」

私が確認すると、宗藤さんが静かにうなずいた。

「微量素材は全三十種。中にはウイルスレベルの大きさの物質もあるの。五年かけて調合の試行錯誤を繰り返した。そして成功したの。常温でも高機能、何よりヒステリシスのないMR流体が実現したのよ」

どうすごいのか、全くわからないけども……。とにかくそのすごい流体は簡単には再現できない配合なのだろう。

「私にとって、あのノートはいわばレシピなの」

「レシピって、お料理する時の材料とか調理方法とかを記したアレですか？」

「そう。新しいMR流体の微量素材は隠し味というかトッピングソースというか、たとえ微量であっても、なくてはならないものなの。短期間であの分量計算をまたイチからやるなんて無理だわ」

まさに匙加減《さじかげん》……。

「そのすべてが書かれてるのがレシピノートなんですね……。そんな大事なノートをいったい、どこで失《な》くしちゃったんですか？」

「仕事中にトイレに行く前、デスクに置いたところまでは覚えてるんだけどね……」

深夜の通路で身を隠したトイレを思い出し、わけもなく頬が熱くなった。

「つまり、研究室で失くしたってことなんですか？」

「ええ。それ以外、考えられなくて……」

言葉を途切れさせる宗藤さんは悲しげに俯く。

「ふだんから、細かい条件を含むすべてのデータはPCに入れておくようにと竹中室長に言われてたの。ノートだけに記録するなんてもってのほか。だから、室長にも言えなくて

「……」

「だから、竹中室長にもアンジュロイドが動かない原因がわからないんですね？」

アンジュロイドが動かないことに竹中室長も困惑し、動揺しているように見えた。

「どうして竹中室長の指示どおりにPCに入れなかったんです？」

「MR流体の開発を始めた頃、会社のデータベースに不正アクセスがあったの。それ以来、発明を盗まれるのが怖くてノートを併用するようになって」

それで室長にも同僚にも言えずに、ひとりで捜してたんだ……。

「こんなこと考えたくないんですけど、同じ研究室の誰かが盗んだっていう可能性は？」

「それはないと思う。だって、チームでやってる研究だし、そんなことしたって誰の得にもならない。発明が商品化されなければ、研究費だって減らされてしまうし」

つまり、関係者の悪意によるものではなく、単なる紛失ということだろうか。だとしたら、宗藤さんひとりの過失ということになる。

これが山王丸の言っていた、宗藤さんの隠しごとだったのか……。

「わかりました。このことは誰にも言いません。そのノート、私も一緒に捜させてください！」

「でも、ただのアルバイトのあなたに迷惑をかけるわけには……」

自分の身分を明かし、宗藤さんの味方であることを打ち明けたい衝動に駆られた。が、いきなり研究室を探っていたなんて言ったら、せっかく勝ちとった信頼を失いかねない。

「私、協力したいんです！　宗藤さんに」

とにかく本心だけをぶつけてみた。

「篠原さん……！」

私と宗藤さんが見つめ合った時、やっと氷室が現れた。

「お待たせしました。構内で迷っちゃって」

もちろん、嘘だろう。この男が方向音痴なはずがない。

「じゃ、私はここで」

氷室の姿を見た途端、表情を硬くした宗藤さんがタクシーに手を上げた。

――なんて、タイミングの悪い……。

いけないと思いつつも、また氷室を睨んでしまった。案の定、彼は両手で左胸を押さえている。また無駄にドキドキさせてしまった。

5

翌朝、出社前に事務所へ立ち寄った。

「というわけなんです。やっと宗藤さんの秘密がわかりました」

私の報告を聞いた山王丸がソファから身を起こし、

「ふーん……。五年以上の歳月をかけて試行錯誤を繰り返し、蓄積してきたMR流体のレシピを紛失してしまったか……」

と、眠たそうに伸びをする。

「宗藤さん本人は自分が失くしたって言ってるんですけど。そんな大切なものを紛失するでしょうか？　たぶん、一緒に研究してる同僚を疑いたくないから、自分が失くしたんだと思いこもうとしてるんじゃないかと思うんです」

「いずれにせよ、公開実験は明日だ。今日中にレシピを完成させるか、ノートを見つけるか……。本人が言うように、前者は物理的に無理だろうな」

山王丸は考えこむように顎《あご》のあたりを撫でる。

「で、レコーダーは仕込めたのか」

私と同じぐらい睡眠不足のはずの氷室は、いつもと変わらない態度で、

「はい。キャビネットの隙間に接着してきました」

と疲れた様子もなく飄々と答える。どうしてこんなに爽やかな顔をしていられるのだろうか。

——本当は太陽電池か核燃料か何かで動いてるんじゃなかろうか、この人。

首を傾げながら氷室を見ると、私の視線に気づいた彼は弾かれたように左胸のあたりに

手をやる。その様子を見た山王丸が笑いをこらえるような変な顔をしている。

——やっぱり面白がってる。何が恋よ。いい加減なこと言って。

私が咳払いをすると、山王丸がごまかすように「他に報告は？」と氷室に尋ねる。

「僕たちが潜入する前に松山という女性研究員が部外者をひとり、研究室に引っ張りこみました。新井次郎という男です」

「新井次郎？」

「ええ。過去に一度だけ面識があって……。気になって、昨夜《ゆうべ》、帰宅してから調べてみたんですが、彼は東京の国立大を卒業した後、大手の医薬品メーカーに就職したようです。そこで何かやらかしたらしく、懲戒解雇になって、その後はどこで何をしているのかはわかりません」

「そんな男をどうして松山女史はアンジュロイドの実験室に入れたんだ？」

「ヘンタイだからです」

私が氷室の代わりに答えた。

「ヘンタイ？」

山王丸が怪訝そうに聞き返す。

「白衣と実験室というシチュエーションに燃えあがるヘンタイ男です」

「なるほど。で、そのヘンタイ行為をふたりで見ていたのか」

また山王丸は笑いを嚙《か》み殺すような顔だ。

「見てません！　トイレの入り口に隠れてふたりが出ていくのを待ってただけです」

私は山王丸の想像を否定したが、氷室はまた左胸に手を当てて困惑するような顔になっている。

——見てたのかよ！

「僕はふたりのことをしっかり見ていたので、男の不穏な行動に気づきました」

氷室が平然と答える。

「不穏な行動？」

やっと山王丸の顔から面白がるような表情が消えた。

「新井次郎がこっそりテーブル下に何か仕掛けるのが見えたので、外してきました」

氷室がポケットから出したものを山王丸に手渡す。消しゴムより小さいプラスチック製の箱に見えた。

「これは……、盗聴器だな……」

山王丸が低くつぶやく。

「はい。電源は切らずに周波数を変えておきました。たぶん、何の音も拾ってないと思います」

それを聞いて、昨夜、氷室が実験室に入って何かしていたのを思い出す。

――そんな作業をしてたから、研究室を出てくるのが遅れたのか……。

「その男、堅気じゃないな。氷室、その新井次郎が大手の企業を退職した原因と、今は何をしてるのか調べろ。そのあたりを探れば、メディケア・ロボティクスに盗聴器を仕掛けた理由がわかるかもしれん」

山王丸は既に何か思い当たることがあるような顔だ。

「それから北条《ほうじょう》に連絡して、実験の不調を凡春の記者にリークした人間を突き止めるよう伝えろ」

北条はWEBサーズデーというネットニュースの主宰であり、山王丸の子飼いの記者だ。

「光希は引き続き、研究室に潜入して人間関係を探れ。確かに新井は怪しい。だが、部外者であるあの男が宗藤麻里奈の隙をついてノートを盗み出すのは無理だろう」

「じゃあ、やっぱり研究室の中の誰かがノートを?」

「はっきりとは言いきれないが、研究成果を競っている人間が彼女を陥れるためにノートを隠した可能性もゼロではない」

「わかりました」

松山さんが宗藤さんをよく思っていないのは確かだ。けど、同じチームとして自分にも致命的なトラブルになるような陥れ方をするだろうか。

「とにかく、メディア公開は明日だ。時間がない。それまでにノートを見つけるか、なんらかの方法で実験を成功させるかの二択だ」

山王丸が私たちを急き立てるように、パンパンと手を叩いた。

メディア公開でアンジュロイドが動かなければ炎上は免《まぬが》れない。山王丸がメディケア・ロボティクスから訴えられることはないとしても、勝率一〇〇パーセントを誇る山王丸総合研究所の戦績に黒星《せ》がついてしまう。

――どうすれば……。

宗藤さんが言うように五年かかったレシピを二日で再現するのは物理的に不可能だろう。となれば、なんとしてもノートを見つけるしかない。

私はすぐに事務所を出て研究室へ行き、昨日、松山さんから頼まれたデータ入力の続きを始めた。

そして、その日は松山さんだけでなく、他の研究員たちの様子も注意深く観察した。

素早くIDカードを盗み見ていると、室長補佐や副主任といった役職のある人もいれば、研究員とだけ書かれている人もいた。が、ここに出入りする人は職位は違っても、全員がアンジュロイド研究室に所属している。同じメディケア・ロボティクスの社員でも違う研究をしている実験室には入れないようIDで制限されているようだ。

とは言え、氷室が作ったような精巧なIDがなくても、取引先や関係者を装って正門を突破するのは可能だろう。あとは研究室の人間が手引きをすれば、ふたりの人物が一枚のIDカードで研究室に入室することも可能。昨夜、松山さんがジロちゃんをここに引き入れたように。要するに内部の人間の良心次第なのだ。

やがて、研究員たちは実験室にこもりっきりになってアンジュロイドを囲み、タブレットを片手に何やら相談し合っている。なんとしてもメディア公開までに動かさなければ、という鬼気迫る様子で。ただ、宗藤さんだけは無言でずっと俯いていた。

夕方、スタッフたちの様子を横目で観察しながら、ようやくインプット作業を終えた私はプリントアウトしたデータを松山さんに提出したのだが……。

「篠原さん。ここ、間違ってるわよ？　単純入力ぐらいしっかりやってよね。ほんと使えないわね」

と、入力ミスを厳しく叱責《しっせき》された。

「すみません」

謝りながらも、昨夜見た彼女のラベンダー色のランジェリーが思い出されて赤面する。松山さんは叱《しか》られているのにモジモジしてしまう私を不気味なものでも見るような顔で見ていた。

その時、松山さんのスマホが鳴り、彼女は画面を一瞥してすぐに通路へ出た。聞かれたくない電話のようだ。

私はトイレに行くふりをして、彼女の後から通路に出た。そのまま入り口に留まり、聞き耳を立てる。

「ジロちゃん？　どうしたの？　よさげな物件、見つかったの？　私、港区のタワマンがいいな。手付金がいるようなら言ってね。え？　デート？　今夜も？　今夜は別の場所にしましょうよ。明日は午後からこの実験室を使ってアンジュロイドの公開実験しなきゃならないんだし。え？　けど……」

そこまで話した彼女は私を一瞥した。私はトイレに行くふりをしてその場を離れる。

どうやら電話の相手は新井次郎らしい。今夜も実験室でデートしようと誘ってきたのだろう。

――ヘンタイめ！

私が心の中で罵《ののし》った時、松山さんは研究室が無人になっているのを確認して、中に戻ってしまった。

ここからでは室内での話し声は聞こえない。かといって、私が研究室に戻ったら松山さんは電話を切ってしまうかもしれない。

――あ！　そうだ。

ふと、氷室が仕掛けたボイスレコーダーの存在を思い出した。きっと、松山さんの通話の内容も録音されているはずだ。

研究室が無人になるのを待って、こっそりレコーダーからメモリーを抜き、新しいものと入れ替えた。

その後は黙々と入力作業をし、定時になってからメモリーを持って事務所に戻った。

「これ、再生してみてください。松山さんが新井次郎と喋《しゃべ》ってる音声が入ってるはずです」

氷室に差し出すと、彼はうなずいてUSBポートにセットした。

『篠原さん。ここ、間違ってるわよ？　単純入力ぐらいしっかりやってよね。ほんと使えないわね』

いきなり松山さんに叱責されるところから再生が始まって赤面する。

「も、もう少し進めてください」

氷室が早送りし、松山さんのスマホが鳴った少し後で再生を開始した。

『それより、あのノート、そろそろ返してくれないと困るわ。必ず今日中に返して。明日の公開に失敗するわけにはいかないの。今夜中にMR流体を調合してアンジュロイドに注入しなきゃならないから』

短い沈黙。山王丸もソファに座ってPCからの音声に耳を傾けている。

『え？　内覧？　世田谷《せたがや》のマンション？』

松山さんの声のトーンが変わった。明るく弾むようなそれだ。

『わかった。けど、その前にうちの両親にちゃんと挨拶してね。結婚前提での同棲《どうせい》じゃないとうるさいから』

その直後、誰かの足音でも聞こえたのか、松山さんは声を潜め、

『じゃあ、今夜そのマンションのパンフレット、見せてね。今夜も会社の前で待ってるから。それと、絶対、持ってきてね、宗藤さんのノート』

と会話は慌ただしく途絶えた。

ボイスレコーダーから聞こえた会話に私は愕然とした。

彼女は確かに『宗藤さんのノート』と言った。

「嘘でしょ……。宗藤さんの大切なレシピノートを松山さんがあの新井って男に預けてたなんていったいどうして……。とにかく、ノートを返してもらわなきゃ！　もし、新井がすんなりノートを返さないようなら、ふたりが逢引《あいびき》する現場を押さえてノートをとり返してきます！」

急いで事務所を出ようとした私を氷室が引き留めた。

「光希さん、待ってください。これは恋人同士が交換日記のノートを渡したとか、そんな簡単な話ではありません」

「え？」

「新井次郎の正体がわかりました」

「正体？」

氷室が何のことを言っているのかピンと来なかった。

「新井次郎が以前勤めていた大手医薬品メーカーをクビになった理由は、新薬の開発データを社外に持ち出したからです」

「あのヘンタイのチャラ男が？　何のために？　その持ち出したデータはどうしたんですか？」

「海外のライバル会社に売ったようです」

「は？　海外？　日本の技術を盗んで海外に売ったの？」

新薬の開発には億単位の費用がかかると言われている。その成果を盗んで外国企業に売るなんて許しがたい。

「新井が譲渡したという証拠はなかったようですが、新井がデータにアクセスした三ヵ月後に、ライバル会社から全く同じ成分の新薬が発売されたんです」

確固たる証拠はないのに懲戒解雇になったということは、不正なアクセスを本人が認め、会社は外聞を気にして表沙汰《おもてざた》にせず、諭旨解雇にでもしたのだろう。

「そして、新井は今、世界でも屈指のロボットメーカー、ラルム・マニピュレーターに接触しているようです」

「ラルム・マニピュレーター……」

確か、メディケア・ロボティクスと共同でアンジュロイドの本体部分を開発した中東にあるロボットメーカーだ。

「ということは……。もし、アンジュロイドの血液と言われるMR流体のデータまで入手してしまったら、ラルム・マニピュレーターも同じロボットが作れてしまうのでは？」

「もし、レシピノートを使ってラルムが宗藤さんの開発したMR流体を再現してしまっているのだとしたら、あと必要なのはそれらの動きを制御するプログラムでしょう」

「まさか、新井次郎はそれを狙ってるんですか？」

「やたら研究室に入りたがる理由はそれかと」

まさか、新井はアンジュロイドの開発資料が目的で松山さんに近づいたの？

いつも厳しい松山女史が新井に見せていた蕩《とろ》けるような笑顔を思い出す。

私が少し切ない気持ちになった時、山王丸が腕を組んだ。

「たぶん、新井は世界を股《また》にかける産業スパイだ。松山女史は男版のハニートラップに引っかかったのかもしれんな。ノートを入手してもまだ彼女と接触を続けている理由はひとつ。狙いはやはり研究室のPCに保管されている制御データだろう」

「そんな……。PCに蓄積されてるデータまで奪われたら、この発明がライバル会社のものになっちゃう。そんなことになったらメディケア・ロボティクスも宗藤さんも終わりだわ……」

今夜、松山さんは新井に会う。同棲をちらつかされ、データを渡してしまう恐れがある。

「松山さんを止めなきゃ!」

松山さんが産業スパイにすべてを渡してしまう前に、ノートをとり戻さなくては。

6

事の重大さを噛みしめながら事務所で打ち合わせをした後、山王丸の許可を得てタクシーでメディケア・ロボティクスに向かった。

——あ。

正面玄関に続く緩《ゆる》やかな坂道に入ったところで松山さんを見つけた。いつもの白衣ではなく、ミントグリーンのワンピースの上に白いカーディガンを羽織っている。いつもより清楚《せいそ》な服装だ。新井を待っているのだろう。その横顔には仕事中の厳しさはなく、一途《いちず》な少女のような可憐《かれん》さがある。

——間に合った。まだ、新井は到着していないようだ。

「運転手さん、停《と》めてください」

彼女の横を走り抜けたところでタクシーを停めてもらった。

ドン、と後部座席のドアが閉まった音に反応するように、松山さんが振り返った。

「篠原さん？　こんな時間にどうしたの？」

さっきまでの恋する乙女みたいな表情が一変し、職場のアルバイトに対する毅然《きぜん》とした顔になっている。

「松山さんにお話があります。その前に新井次郎さんとの待ち合わせ時間を少し遅らせてもらえませんか？」

松山さんの目が大きく見開かれた。

「え？　どうしてあなたが彼のことを知ってるの？」

「実は私、竹中室長から謝罪会見の準備を依頼されたコンサルの者なんです」

「は？　竹中室長が謝罪コンサルを雇ったの？　つまり、室長は明日のメディア公開でもアンジュロイドが動かないことを想定してるのね……」

今さらながら自分のやったことの重大さを思い知ったような表情だ。

「でも、大丈夫よ。明日は動くわ」

松山さんは自分に言い聞かせるようにつぶやいた。

「私、研究室の皆さんのことを独自に調査させていただいてました」

そこまで言うと松山さんは私が何をどこまで知っているのか探るような目つきになった。

「あなた、スパイだったのね？　すっかり騙《だま》されたわ。わざと使えない人のふりをしてたのね？」

うーん……。私なりにがんばって雑用をこなしていたつもりだったのだが……。

まあ、それはひとまず置いといて。

「とにかく。新井さんについてお話ししたいことがあるんです。彼と会うのは少し待ってもらえませんか？」

真剣に頼むと松山さんは、諦《あきら》めたように目を伏せ、

「わかったわ……。ちょっと待ってて」

とポケットからスマホを出した。

「あ、ジロちゃん。ごめぇん。ちょっと残業になっちゃって。みんなまだ研究室にいるのよ。約束、一時間ほど遅らせてくれる？　うん。じゃ、後でね」

通話を切った後、松山さんは私を振り返って「それで？」と挑むような語気で聞いてきた。

「新井さんは新卒で採用された医薬品メーカーの開発情報を他社にリークした疑惑で前の会社を懲戒解雇になっています」

「嘘よ、そんなの」

否定しながらも、外灯の下で見る松山さんの頰は青白かった。

「本当です。本人は機密データのダウンロードは認めたものの、他社へのリークはしてないと主張したようです。ただ、彼がデータを売ったという証拠もなかったので、事件にはならなかったみたいですが……。不正アクセスを咎《とが》められ、解雇は免れなかったみたいです」

「冤罪《えんざい》よ。私は彼を信じてるわ」

松山さんは語気を強めた。が、握りしめた手が震えている。

「確かに最初のその一件は冤罪かもしれません。他の社員が彼に罪をなすりつけたのかもしれないし。けど、私の同僚が調べたところによると、その後も新井さんが働いていた会社で開発情報の漏洩《ろうえい》が起きているそうです。事件の直後、彼は決まって退職してるんです」

「そんなの……嘘……よ」

松山さんの瞳と声が力を失った。けど、ここでやめるわけにはいかない。これ以上、日本企業の利益や技術を流出させるわけにはいかないのだ。

「彼の方から松山さんに、宗藤さんの実験のことを色々聞いてきたんじゃないですか？松山さんは宗藤さんがつけていたレシピノートの存在を知ってて、それを新井さんに預けたんじゃないですか？」

ずばり踏みこむと、松山さんはドキッとしたように睫毛《まつげ》を跳ねあげた。だが、

「は？　何が言いたいの？　ジロちゃんが産業スパイで、私を利用するために近づいてきたって言いたいの？」

と、新井が松山さんを利用しようとしているのではないかという憶測に噛みついてきた。宗藤さんのノートを盗んだと疑われていることよりも、そちらの方が聞き捨てならなかったかのように。

「それは……」

答えられなかった。いつも凜《りん》としている彼女の目が涙で潤《うる》んでいたから。伏せた睫毛の下で瞳が揺れている。

「彼が産業スパイだという確固たる証拠があるわけじゃありません」

正直に打ち明けると、松山さんは黙って夜空を見上げ、寂しそうに笑った。ようやく何かを諦めたような悲しい横顔。

「ふふ。本当はなんとなくわかってた。けど、疑いたくなかったのよ」

「じゃあ、宗藤さんのノートはやっぱりあなたが……？」

「ノートを見たいって言ったのも、工学部出身の彼の純粋な興味だと信じたかった。自分がすごい実験をやってるメンバーの一員だってことを自慢したかった気持ちもあったわ」

たぶん、彼女自身の中にも新井に対する不審感が徐々に芽生えていたのだろう。

——けど、他人の口からこんな話、聞きたくなかったはずだ。

俯いている彼女を見て胸が痛んだ。

「ごめんなさい……。ひどいこと言って」

しばらくして松山さんは唇をぎゅっと結んで顔を上げた。

「わかったわ。いえ、わかってたわよ、それぐらい」

と目尻《めじり》のあたりを拭った彼女は、「ついてきて」と歩き出した。そして会社の正門へ続く坂を登り始める。

私は黙ってその後に従った。慰めの言葉も見つけられないまま。

そのまま一緒に会社に戻って研究室に入り、松山さんは自分のデスクの鍵《かぎ》つきの引き出しから一冊の紙ファイルを出して私に手渡した。すぐに開いてみると、小学校の時に書いた朝顔の観察日記のようなフォーマットにぎっしりと数式や英語が書いてある。わかるのは気温や湿度、天気の欄ぐらいだ。

「これは?」

「ジロちゃんに渡した宗藤さんのノートのコピーよ」

「え⁉ コピー、とってあったんですか⁉」

あんなに捜していたノートのコピーが目の前にある。すぐには信じられなかった。

「コピーもとらずに渡すわけないでしょ」

さすが恋に溺《おぼ》れてもリケジョだ。流されているように見えても抜かりはない。

「あなたが言うように私、ノートの存在に気づいてたの。その存在を協力者である私たちにも教えない彼女の猜疑心《さいぎしん》に腹が立ったわ。だからちょっと困らせてやりたい、っていう気持ちもあった」

「それで彼女がトイレに行った隙にノートを隠したんですね？」

「ええ。最初は慌てふためいて捜してる姿を見ていい気味だと思ったわ。けど、ジロちゃんがなかなかノートを返してくれなくて、私も焦ってた。宗藤さんもノートを紛失したことを誰にも言わないし、私からこのコピーを彼女に渡すわけにもいかなかった。だから黙ってたの。今日までずっと知らないふりをするしかなかった」

宗藤さんは上司の言いつけを破って作ったノートの存在を誰にも打ち明けられず、ずっと苦しんでいたのだ。

「それって、ちょっとひどくないですか？」

「宗藤さんが実験室の人間を信用して、すべての情報を共有してればこんなことにはならなかったのよ。自業自得だわ」

松山さんは冷たく宗藤さんを断罪しながらも、その顔は憔悴しているように見える。

「松山さん。本当は新井さんが公開実験までにノートを返してくれるのを信じて待ってたんでしょ？　手元に戻ってきたら、すぐに返そうと思ってたんでしょ？」

しばらくの沈黙の後、松山さんは静かに口を開いた。

「もちろん、すぐに返すつもりだったわよ。公開実験が失敗したらチームとして困るし」

つまり、新井にノートを渡した時点ではまだ彼のことを全く疑っていなかったのだ。

「松山さん。教えてください。このノートだけじゃアンジュロイドは作れないんですよね？」

「ええ。ＰＣの中にある制御データとセットじゃなきゃ動かない。制御データの管理は最も厳格で、アンジュロイドを作動させる度にインストールし、実験後はアンインストールしているの」

「よかった……」

つまり、新井はまだ発明の全容を摑んでいないのだ。

胸を撫でおろす私に、松山さんが神妙な顔をして打ち明けた。

「実は……。ジロちゃんはＰＣのデータを見たがってて……」

――やっぱり！　山王丸が睨んだとおりだ！

新井は制御データを狙っている。

「それだけは絶対に無理だって、今日まで引き延ばしてきたけど、今夜、データを見せるのと引き換えにノートを返すって言われて……。私もメディア公開までにノートをとり戻さないと困るから、見せるだけで抽出はしないことを条件にＯＫしてしまったの」

「見せるだけでもリスクがあるんじゃないですか？」

氷室と知り合うまでの私なら、膨大なデータを記憶できる人間が存在するなんて想像だにしなかったのだが。

「そうね。リスクはゼロじゃないけど」

「約束しちゃったんですね……」

さっき見た松山さんの少女みたいな顔が思い出され、胸が締めつけられる。彼女の恋心を利用した新井が許せなかった。

「松山さん、お願いがあります。PCに入ってる本物のアンジュロイドのデータと、このメディアの中のデータを置き換えてもらえませんか？」

それは山王丸から渡されたUSBメモリーだ。氷室が夜なべをして作ったと聞いた。

「何？　これ？」

「中身はよくわかんないんですけど、もし、彼がこの情報をライバル企業に売ったら、彼の産業スパイ生命は終わるそうです」

松山さんが黙ってメモリーを受けとり、宗藤さんの席の端末を立ちあげてセットした。

「彼は私を利用しただけかもしれないけど、私にとっては初めて結婚まで考えた相手だったの」

彼女はモニター画面を見つめ、マウスを動かしながら独り言のように語った。

「けど……。もし、彼が本当に私を裏切るようなクズ野郎なら、私の手で彼の悪行に終止符を打ってやるわ」

強気な言葉を吐き捨てながら、無表情のままマウスを動かし続けている松山さんの頬を一筋の涙が滑《すべ》った。

「彼には産業スパイなんて汚い仕事は辞めて人生をやり直してほしい。本気で愛した人だから」

「松山さん……」

ちょっとウルッときた。が、いやいや、結果的に片棒を担いでしまったこの人もヤバい立場だよね、と冷静になる。

とその時、松山さんのスマホが震えた。SNSでメッセージが届いたようだ。

「ジロちゃんだわ。もう研究棟の下まで来てるって」

「え？　もう？」

まだ三十分ぐらいしか経《た》っていないのに。

「早く行かないと怪しまれてノートを返してもらえなくなるかも……」

「わかりました。迎えに行ってください。私は実験室に隠れてます。くれぐれも、これまでどおりの態度で普通に接してくださいね」

「わかった。じゃあ、後は頼むわ。ファイル名の末尾がＰＤ２ＳＸＤＥＪＲの方が本物だからね。デスクトップにあるフォルダーならどれでもいいから適当に隠しといて」

早口でそう言い残し、彼女は研究室を出ていった。その目はまだ赤かった。

私は切ない気持ちを振り払いながら「PD2Sの後は何だっけ?」と復唱しつつ松山さんが座っていたチェアに腰を下ろす。

とその時、山王丸から電話が入った。

『凡春にアンジュロイドが作動しないことをリークしたヤツがわかったぞ』

メディケア・ロボティクスを陥れようとしている人物の存在を調べていたことを忘れていた。WEBサーズデーの北条が突き止めたのだろう。

「え? 誰なんですか?」

『新井だった』

「それも、あの男が!?」

新井は技術や情報を盗むだけでなく、自分を雇っている会社のライバル会社を潰《つぶ》す任務まで請け負っているのだろうか。

「ひどいヤツ……」

新井の、どこか酷薄な口許を思い出す。

『とにかく、PCの中のアンジュロイド制御データを死守しろ』

はい、と返事をして通話を切った。そして自分に気合を入れてPCモニターに向き合う。

「えっと……。あとは偽物のファイルをデスクトップに残して、本物のファイルをどこかのフォルダーに隠したら準備OKなのよね。えっと、本物はPD2S……。うん？　PD2SX……おや？」

フォルダーに格納されていないデスクトップ上のアイコンはふたつ。そのふたつのファイル名はアルファベットの最後の一文字が違うだけで、後はそっくりアイコンの絵柄まで同じだ。

——マジで？　こんなことってある？

片方は氷室が作ったと思われる偽データなのに、そのファイル名がメディケア・ロボティクスのアンジュロイド研究室で付与されたものとこんなにも酷似しているなんてことがあるのだろうか？

これではどちらのデータファイルをデスクトップに残しておけばいいのかわからない。簡単に識別できると思っていたのに……。もともとうろ覚えだったファイル名を、さっきの山王丸からの電話で完全に忘れた。

——ヤバい。見分けがつかない。隠すべき本物はどっち？　どっち、どっち？

マウスを握る手のひらが汗ばむ。

——これって、本物と偽物をとり違えたらシャレにならないよね。

しかし、新井はどうやってデータを持ち出すつもりなんだろう。なにせ、相手はプロの産業スパイだ。スパイ映画に出てくる小道具みたいな録画グッズとか持ってるかもしれない。たとえば、メガネ型カメラでPC画面を撮るとか。

頭の中で様々な想像が錯綜《さくそう》する。じりじりしながら、本物を見分ける手がかりを求め、もう一度ふたつのファイルを見比べる。

――いや。待てよ。後から保存したのだから、きっと下のファイルが氷室作成の偽物に違いない。ヨシ。上の方が本物だ！　いや、ちょっと待って。ファイルの容量が大きいのは下の方だ。偽物の方が本物よりデータが重いなんてことはありえないよね。ということは下の方が本物か？

そもそも一晩やそこらで作ったと思われる偽データだし。やはり下が本物だろう。

――いや、だが、あの疲れを知らない東洋の至宝、アンドロイド氷室のことだ。本物以上にすごいデータを作ったと考えられなくもない。とすれば、上の方が本物か……。

「よし！　わっからなーい！」

思わず叫び、髪を掻《か》きむしる。

今すぐ松山さんに連絡してどっちが隠すべきファイルなのかを確認したい。が、スマホに連絡しようにも彼女のナンバーもアドレスもＩＤも知らない。

――マジでヤバい。どーしよ……。そうだ！　氷室さんに電話して、偽ファイルの名前を確認しよう。

スマホから彼のナンバーをクリックしたが、なかなか電話がつながらない。夜なべが祟《たた》って爆睡しているのだろうか。

そうこうしているうちに通路の方で人が近づいてくる気配がする。

――もう時間がない！　は！　そうだ！

不意に閃《ひらめ》いた私は、自分の首からペンダントを外した。

――こうなったらダウジングだ！

水脈や鉱物をほり当てる人とか、徳川埋蔵金を狙うトレジャーハンターたちが使うあの手法だ。

露店で買った安物のペンダントを首から外し、ＰＣ画面の前に垂らして振れ方の大きい方を本物だと信じることにした。

――えーっと……。

下のアイコンの前でペンダントトップはゆらゆら〜と揺れている。

――次はと……。

上のアイコンの前ではゆっさゆっさと揺れ、心持ち、上のアイコンの方が振れ方が大きいような気がする。

「やはり上が本物に違いない！　よし！　イチかバチか、上のアイコンを隠そう！」

半ば自棄《やけ》になりながら本物と判明した上の方のファイルをクリックし、すぐ横のフォルダーにドラッグ&ドロップで格納した。

その時にはもう談笑する男女の声が近くまで迫っていた。

——私も早く隠れなきゃ!

松山さんから渡された宗藤さんのノートのコピーを胸に抱き、音を立てないよう真っ暗な実験室に移動して身を潜めた。

ジー。ガチャリ。一分もしないうちにロックが解除される音がして、松山さんと新井が事務室に入ってきた。

そのふたりの様子を中腰になってガラス越しに盗み見る。

「約束どおりノートを持ってきてやったぞ。データ、見せてくれるんだろ?」

産業スパイのくせに上から目線の発言をしながら、新井が分厚い大学ノートをデスクに置いた。

「ねえ、ジロちゃん。マンションのカタログは?」

松山さんが新井に尋ねる。私には彼女が平静を装って、新井を試そうとしているように見えた。

「ああ、これだよ」

新井がビジネスバッグから広告らしきカラフルな紙の束《たば》と、高級そうな高層マンションの外観が載ったカタログを松山さんに渡す。自分が本気で彼女との将来を考えていることを示すかのように。

「迷っちゃってさ。一応、そのまま新居にしてもよさそうな物件を三つまでに絞ったんだけど、まずは亜紀に見てもらおうと思って全部持ってきた」

「ジロちゃん……」

新井を見つめる松山さんの横顔を見ただけで、彼女の気持ちが揺れているのがわかる。

「うちの両親も亜紀に会うの、楽しみにしてるんだ。来週あたり、どうかな?」

新井が爽やかに笑う。松山さんはその日を夢見て陶酔するような表情になっていた。

——松山さん! お願い! もう迷わないで!

心の中で祈るしかなかった。

「わかった。データ、見せるね」

松山さんが椅子に座り、マウスを操作し始めた。

——まさかフォルダーを開いて、本物のデータファイルを新井に見せたりしないよね?

いや、どっちがどっちか微妙なんだけどね。

冷めかけていた松山さんの気持ちが再燃してしまうのではないかとヒヤヒヤした。

が、彼女の背中で画面までは見えない。私は彼女の良心を信じるしかなかった。

「どうぞ。見ていいわ。ただし、十分だけね」

松山さんが新井に席を譲った。

PCの前に座った新井の後ろ姿は微動だにしない。画面上のデータを網膜に焼きつけようとしているのだろうか。だが、不意に新井がマウスを動かし始めた。

「え？　何してるの？」

立ったままデスクに寄りかかり、同じ画面を見つめていた松山さんが声を上げた。

「このデータは転送させてもらう」

――て、転送ッ？　メガネ型カメラでマイクロフィルムに写しとるでもなく、そんなストレートな手法で盗むつもりなの⁉

産業スパイの手でノートとデータの両方が海外の他社に持ちこまれてしまったら……。

――ヤバい。万一、転送されようとしているファイルが本物の方だったら、他社でも同じ発明ができてしまう。いや、ダウジングは完璧だった。

大丈夫。あれは偽物だ、と自分自身に言い聞かせた時、

「ダメよ！　やめて！」

と、松山さんがマウスを動かしている新井の手首を摑んだ。デスクトップ上のファイルを本物と思わせるためのお芝居なのだろう。いや、そうだと信じたい。

新井は悪びれた様子もなく、松山さんを見上げる。

「亜紀。あの竹中って室長は亜紀のことより宗藤麻里奈のことを高く評価してるんだろ？　そんな研究室にいつまでもいたって仕方ないだろ。このノートとデータを持って、亜紀の

こと、もっと評価してくれるところへ転職しないか？」

「転職？」

松山さんの顔にまた迷いが見え始めた。もう隠れていられない。

「ダメよ！　松山さん、しっかりしてください！」

叫びながら実験室から飛び出してしまった。

「なんだ？　おまえ」

驚いたように新井が私を見る。

「わ、私はここのアシスタントです」

新井が忌々《いまいま》しげな顔をしてチッと舌打ちをした。松山さん以外の関係者に見られたことにイラついているようだ。

「どけ！」

新井が自分の手を摑んでいる松山さんの手を振り払い、彼女の体を乱暴に押しのけた。

「きゃっ……！」

松山さんが悲鳴を上げて床に倒れこむ。

「ま、松山さん！　大丈夫ですか？」

私が松山さんに駆け寄る隙に、新井は慣れた様子でキーボードを叩く。恐ろしい速さだ。

PC画面に『転送中』の表示が現れ、パーセンテージがどんどん「100パーセント」へと近づいていく。

──絶対に大丈夫、あれは偽物だ。

いくら自分に言い聞かせても、胸のざわつきが収まらない。

ついに『送信完了』の表示が画面に出た。

──嘘……。転送されたのは偽物だよね？　絶対、本物じゃないよね？　あれは偽物だと誰か言って。

選択するアイコン名をメモリーできなかった自分のメモリー不足を罵り、データをとり返す手段も思いつかずに青ざめる。

ニヤリと笑った新井はデスクに置いた、厚めの大学ノートを手に取った。

──あれは……。

たぶん、宗藤さんのノートなのだろう。

「こっちの内容も、もう送信ずみだ。返してやりたいところだが、メディケア・ロボティクスがアンジュロイドの実験に成功してもらっては困るんでね」

「それって……どういう意味なの？」

「この発明はラルム・マニピュレーターのものだ」

そう言い放った新井はライターを出してノートの端を炎で炙《あぶ》り始めた。

「ダメーッ!」

必死で奪い返そうとしたが、長身の新井がノートを差しあげている腕に手が届かない。コピーがあるとはいえ、目の前で宗藤さんが書き溜《た》めたノートが燃やされるのを見るのは耐えがたい。

ピッ。ジーッ、カチャ。

その時、研究室の入り口でセキュリティを解除する音がした。

のっそりと入ってきたのは山王丸と氷室だ。

——おせーよ……。

そう思いながらも、新井がふたりに気をとられている隙に、私はその手からノートを奪った。


「熱ッ!」

奪ったものの、あまりの熱さに、火がついたノートを思わず床に落としてしまった。

「熱ッ、熱ッ……」

火傷《やけど》しそうになりながら、燃えているノートを手で叩いて火を消す。

だが、ノートは三分の一ほどが焼失していた。

「ひどい……」

これでは、このノートをこっそり宗藤さんに返すことは不可能だ。

「なんてことするのよ！」

フラフラと立ちあがった松山さんが新井に摑みかかる。

「あははは！　今さら何言ってんだよ。俺の言いなりだったくせに」

新井はそう言いざま、松山さんを突き飛ばした。その勢いで壁にぶつかった彼女は新井を睨みつけている。

「ほんとにチョロい女だな。今さらどうあがいたところで、もう遅いよ。ノートとPCのデータを受けとったラルムではもうアンジュロイドの再現実験の準備が始まってるはずだ。だが、ノートを失ったメディケア・ロボティクスは明日のメディア公開でも失敗する。ラルムからアンジュロイドと瓜二《うりふた》つの二足歩行ロボットが発表されるのを指を咥《くわ》えて見てるんだな」

新井がさらに大きな声で笑った。松山さんは悲しそうな目で彼を見つめ、唇を嚙みしめていた。

黙って室内のやりとりを聞いていた山王丸がようやく口を開いた。

「そんなことだろうと思った」

いつの間にか警備員も駆けつけていて、燃え残ったノートに向けて消火器を噴射する。

――だから、遅いんだって。

焼《や》け焦《こ》げたノートの残骸《ざんがい》は白い消火液にまみれ、さらにひどい状態になっている。

だが、そんなことを気にする様子もない山王丸は、

「新井次郎。不正競争防止法違反だ」

と、刑事みたいにカッコよく新井の罪状を述べた。

氷室がキャビネットの隙間に仕掛けたICレコーダーを剝《は》がし、警備員に手渡した。

「証拠はここにあります。明日のメディア公開が終わったら、この男と一緒に警察へ届けてください」

あのレコーダーには新井が松山さんを籠絡《ろうらく》して制御データを奪うまでの会話が記録されているはずだ。

「先生。どうして実験が終わるまで連行しないんですか？　それまでこの男をどうするんですか？」

私が尋ねると、山王丸が不敵に笑った。

「警備員室で待機させて、メディア公開が終わってから警察に連絡する。メディケア・ロボティクスも大事なお披露目前にゴタゴタしたくないだろうからな」

「確かに、実験が始まる正午前にはマスコミも集まってきますし、そこに現場検証の警察がいたらまた変に勘繰られて大騒ぎになっちゃうかもしれませんね」

その時の私は新井の拘束理由をデリケートな実験をしている研究員への配慮だと思っていた。

「北条の話では、メディケア・ロボティクスのメディア発表と時を同じくしてラルム・マニピュレーターも二足歩行ロボットの試作品を発表するそうだ。この男にもすべての顚末《てんまつ》を見せてやろうじゃないか」

山王丸は暗に『偽データを掴まされたラルムの二足歩行ロボットは動かない』と嘲笑《あざわら》っているのだ。私はただ、祈るしかなかった。自分が選んだファイルが間違っていないことを。

新井はふたりの警備員に両側から挟まれておとなしく連行された。それでも新井は笑っている。

「逮捕されたってかまうもんか。どうせ三千万以下の罰金刑だろう。そんなはした金、アンジュロイドの価値に比べたら屁《へ》みたいなもんだ」

ラルムから多額の報酬が約束されているのだろうか。

通路から開き直った新井の不敵な笑い声が聞こえていた。

――こんな大切な技術を流出させても罰金だけなんだ……。信じられない……。

罰の軽さに茫然《ぼうぜん》としながら、笑い声のする通路を見ていた。

「あ……」

彼らと入れ替わるように、宗藤さんが研究室に入ってきた。山王丸が連絡したのだろう。あまりにもタイミングがよすぎる。

でも、詳しい事情までは知らないのだろう。彼女は燃やされたノートを見て、ただ愕然としていた。

「嘘……。私のノートが……。どうして……」

すぐさまノートの前に跪《ひざまず》いた宗藤さんは焦げた表紙を開き、燃え残った部分を確かめている。

「ダメ……。これじゃ、全然わからない……」

灰で黒く汚れた指先が震えている。

新井に突き飛ばされた時のままの姿で背中を壁にもたせかけていた松山さんが、ゆっくりと立ちあがって宗藤さんの前までゆらゆら歩いてきた。そしてがっくりと膝を折り、宗藤さんの前に座りこむ。焦げたノートを挟んでふたりの女性研究員が泣いていた。

「あのね……。宗藤さん……。私……」

松山さんはなんと打ち明けていいのかわからない様子で言い淀んだ。が、意を決したように顔を上げた。

「ごめんなさい……！　全部、私のせいなの……」

「どういう……こと？」

涙ながらに尋ねられ、松山さんはまた言葉に詰まった。

どうしていいかわからない私はオロオロするばかりだった。

「光希。何をしてる。時間がないぞ。今日の公開実験の準備を進めさせろ」

入り口に立ったまま腕組みをしている山王丸が私を叱咤《しった》した。

「は、はい！」

私は急いで実験室へ行き、そこに置き去りにしていたノートのコピーを持ってきた。

「あの、これ……。これがあれば今日の実験、うまくいきますよね？」

コピーの束を宗藤さんに差し出すと、彼女は驚いたようにコピー用紙をめくりながら、自分の筆跡を目で追った。

「どうして篠原さんが私のノートのコピーを持ってるの？」

それは泥棒を見るような目だった。

「ち、違います……」

慌てて顔の前で手を振る。

「私なの！」

私の冤罪を晴らすように、松山さんが叫んだ。

「私があなたを妬《ねた》んでノートを隠したの。それをカレ氏の新井に渡してしまって。その時はまさか彼が産業スパイだなんて知らなくて。けど、だんだん、おかしいな、って思うようになって」

「さ、産業スパイ⁉」

宗藤さんの声がひっくり返った。

「ごめんなさい！　本当にごめんなさい！　私、この会社を辞めます。そしてどんな罰でも受けます！」

泣き崩れる松山さんに山王丸が近づいてきて声をかけた。

「今、あんたのやるべきことは会社を辞めることでも罰を受けることでもない。宗藤麻里奈の実験に協力し、成功させることだろ」

松山さんがハッとしたように山王丸を見上げる。

「そ、そうですよ！」

私も即行で激しく同意した。

「どこよりも早く実験を成功させなければ！」

もし、私がデスクトップに残したファイルが本物だったら大変なことになる。

すると、山王丸が怪訝そうな顔をして、

「どこよりも、とは？」

と私に聞いてくる。ラルムが失敗することを確信しているからだ。

「あ、いえ。善は急げ、と言うじゃないですか」

私がごまかす横で松山さんが宗藤さんに頭を下げていた。

「宗藤さん。許してほしいなんて虫のいいことは言わない。ただ、私にも、アンジュロイドの再起動を手伝わせてほしいの」

震えている松山さんに今度は宗藤さんが頭を下げた。

「お願いします。私には松山さんのアシストが必要です」

宗藤さんが松山さんの手を握った。

「宗藤さん……。本当にごめん……」

松山さんが涙で言葉を途切れさせる。そうやってふたりが見つめ合う時間さえも惜しい気がしてきた。

「やりましょう、一緒に！　早く！　一刻も早く、準備を始めましょう！」

私はふたりの手をガシリと掴んで立ちあがらせた。

「し、篠原さん。そんなに急がなくても……。公開実験までにはまだ十二時間近くあるわ」

まだ涙を浮かべている宗藤さんが時計を見て苦笑いする。時刻は午前〇時を過ぎたところだ。

「いいえ！　そんな悠長なこと言ってたらダメです！　こうしてる間にも、どこかのライバル会社がアンジュロイドの開発を急いでるかもしれません！」

急かす私を見て、松山さんが不思議そうに言った。

「篠原さん。急がなくても大丈夫よ。そんな簡単にイチからデータを作りあげられるものでもないし、もし、新井が転送したデータでどこかの会社が実験を始めたとしても、間違ったデータではアンジュロイドを動かすことはできないわ」

「そ、それはそうですが……。あ、あの……。な、なんて言うか……」

——い、言えない。

もしかしたら本物のデータが転送されているかもしれなくて、ひょっとしたらラルムがアンジュロイドの作動に成功してしまうかもしれないなんてことは。

「ありがとう、篠原さん。自分のことみたいに必死になってくれて。けど、メディア公開の開始は今日の正午からって決まってるのよ。MR流体のトッピング材料も揃《そろ》ってるし、このノートさえあれば、朝から作業しても十分間に合うわ」

と、宗藤さんも泣き笑いしていた。

「そ、そう……なん……ですか……」

自分の肩ががっくりと落ちるのを感じた。

結局、宗藤さんと松山さんはそのまま実験室で仮眠をとり、朝から準備を始めることになった。ノートとPCデータが揃っているから安心だと余裕を見せている。ノートを紛失するまでの実験は一〇〇パーセント成功しているというのだから当然と言えば当然なのだが……。

「あ、あの……。氷室さん。ちょっとご相談が……」

研究室のソファで毛布にくるまっても眠れない私は、自分がデスクトップのフォルダーに隠したファイルが本物かどうか確認してもらいたい衝動に駆られた。

氷室のスマホに電話をかけてみると、明け方の電話に彼は、

『どうしました？』

といつになく優しい声を出した。

「あの……。えっと……。あの、ですね……」

やっぱり言えない。こんなヘマ……。けれど、このままでは不安に圧《お》し潰されてしまいそうだ。

「もし……。もしもの話なんですけど」

あくまでも仮定として話してみた。

「もし、新井が盗んだデータが本物で、ラルム側にアンジュロイドの制御データが渡ってしまったら、どうなるんでしょうか」

できるだけ軽いトーンで聞いた質問に対する回答は驚くべきものだった。

『戦争になります』

「せ、戦争ッ!?」

想定を遥かに超える答えに、オウム返しの声がひっくり返る。

『アンジュロイドは介護用ロボットとして完成されたものです。搭載されているAIには決して人を傷つけないようなプログラムがされています。そのAIを本体から引き離したりプログラムに新しい書きこみを試みようとすると、アンジュロイドの電子回路は自爆するようにできています』

「それはつまり……」

『データの状態で盗まれてしまったら、人を傷つけないという禁忌を外して兵器用ロボットにすることが可能です。ラルムが本社を置いている中東の某国は好戦的でしょっちゅう隣国と争っていますからね。そんな国がそんな兵器を手に入れてしまったら大変なことになります』

「そそそそうですね」

『お手柄です。光希さんがそれを阻止したんですから』

「あああありがとうございます」

通話を切った私はフラフラと立ち上がってOAチェアに腰を落とし、頭を抱えた。

――このまま誰にも打ち明けなかったら、どうなるんだろう。

宗藤さんたちはフォルダーに隠している方のデータファイルを使って実験を行うのだろう。もしそのデータが偽物の方だったら、たぶんアンジュロイドは動かない。

メディケア・ロボティクスは実験に失敗し、新井が盗んだデータを買ったラルム・マニピュレーターの実験が成功してしまう。

——そんなことになったら、メディケア・ロボティクスの信用は地に堕ちてしまう。

そうなったら、謝罪会見だ。

が、山王丸は偽物のデータを新井に摑ませた時点で任務完了だと思っているに違いない。

無駄なことをしない山王丸が謝罪会見の準備をしているとは考えられない。

そもそも、このケースで実験に失敗してしまったらメディケア・ロボティクスの株価は暴落、株主は怒りまくり、アンジュロイドとの幸せな老後を夢見ていたお年寄りたちは大ブーイング。炎上させない謝罪会見は不可能だと言っていた。

——あああああ！　やっぱり言わなきゃ……！

そう思いながらも、気持ちよさそうに仮眠している松山さんと宗藤さんを叩き起こして『今すぐ再起動の確認をしましょう！』と訴える勇気が湧《わ》かなかった。

私自身は眠れないまま、研究室のソファに再び横になって、ＰＣのデスクトップを見つめ、悶々《もんもん》としていた。

そして、頭上を飛び交う潑溂とした女性の声で目が覚めた。

「松山さん。制御データって、デスクトップに置いてある、これでいいんですよね？　いつもとアイコンの場所が違うみたいなんだけど」

ハッと目を開けると、窓の外が明るくなっている。どうやら、いつの間にか眠ってしまっていたらしい。あの状況で寝てしまった己の神経を疑う。

「違うわ。フォルダーに入ってる方よ。本物は篠原さんがちゃんと隠してくれたのよ」

松山さんの言葉で昨夜の記憶が鮮明に甦《よみがえ》った。

「念のため、データを比較しとく?」

そんな宗藤さんの言葉に安堵したのも束《つか》の間《ま》……。

「さすがにそんな時間はないと思うわ」

という松山さんの言葉に打ちのめされた。

「そうね。こっちのフォルダーの中のファイルね?」

その後、ふたりは巨大なビーカーに入った黒い液体の調合を始めた。

彼女たちはコピーしたデータを基に、慎重に液体や粉末の量を量《はか》り、攪拌《かくはん》している。その様子を固唾《かたず》をのんで見守った。

7

結局、メディケア・ロボティクスが使った制御データが本物かどうかわからないことを言い出せないまま、公開の時間が近づいてきた。記者たちが実験室に集まり始める。

私は研究室の方から実験室の様子を見守っていた。

「もう、こんな時間。事前の動作チェックはできなかったけど、ノートのデータどおりに調合して不具合が出たことはないから大丈夫よね」

なんて宗藤さんは気楽に言っている。

その時、研究室に山王丸が入ってきた。しかも、逃げられないように腰ひもをつけられて警備員ふたりに挟まれた新井を伴って。

「ど、どうしてその男を……」

私は絶句した。

「この男がどうしても実験を見たいというものでな。腰ひもをつけてもいいから、と。ま、俺も見せてやりたいと思っていた」

新井はレシピノートを失ったメディケア・ロボティクスがアンジュロイドのMR流体調合に失敗すると確信しているはずだ。動かないアンジュロイドを確認して、産業スパイのミッション達成を見届けるつもりなのだろう。

──理由は何であれ、この人が居たら、松山さん、動揺しちゃうんじゃないかな……。

今のところ、実験室で記者たちを前に定刻になるのを待っている松山さんは新井の姿に気がついていないようだ。

「本日はお集まりいただき、ありがとうございます。メディケア・ロボティクス、アンジュロイド研究室の竹中です」

竹中室長の挨拶が始まった。彼の声も足も震えている。

その時、不意に、集まっている記者たちの間でどよめきが起こった。

「おい。中東のラルム・マニピュレーターがアンジュロイドそっくりのロボットを発表するみたいだぞ」

「嘘だろ？　なんでラルムにそんな技術があるんだ？」

その情報の真偽を確かめようとするみたいに、記者たちが一斉に下を向いてスマホやタブレットを操作し始める。

――まさか、新井の手で転送されたデータでもう類似ロボットが完成したってこと？

あああ、マジでヤバいことになってきた。

思わず、その場にしゃがみこんで髪の毛を搔きむしる。

その間も記者たちのざわめきは止まらない。

「あっちが実験を成功させたらどうなるんだ？」

「ラルム・マニピュレーターが今さら実験に成功したって、メディケア・ロボティクスが先に発表した研究だしなぁ」

それはメディケア・ロボティクスが今日の公開実験に成功すれば、の話だ。

どっちが成功するかは私がデスクトップに残したファイル次第だ。

――私はなんてことをしてしまったんだ！

自分を責めながら、スマホでラルム・マニピュレーターの記事を探した。

――あった、これだ。

ラルム・マニピュレーターではもう、公開実験のライブ中継が始まっていた。先にラルムのロボットが作動して、メディケア・ロボティクスのアンジュロイドが動かなかったら……。

――胸が張り裂けそうだ。

焦るばかりで自分には何もできないのがもどかしい。

ライバル会社が同じ種類のロボットを公開しようとしていると気づいた竹中室長は、挨拶の途中でしどろもどろになってしまった。それを助けるように宗藤さんが口を開く。

「お待たせしました。これよりメディケア・ロボティクスが開発した介護ロボット、アンジュロイドの機能をご説明します」

ラルム・マニピュレーターのライブ中継開始から遅れること五分、宗藤さんがマウスを動かしつつ、記者たちに向かって宣言し、メディケア・ロボティクスのメディア公開が始まった。

――あああ！　神様！　あのファイルが本物でありますように！

自信がないままデータファイルを選んでしまったことを打ち明けられなかった私にはもう、祈ることしかできなかった。

が、何も知らない宗藤さんは自信満々で、記者たちに向かい、

「アンジュロイドの電源が入るとまず目が光る仕組みです」

と、力強く言う。

私は心臓が口から飛び出すのではないかと思うほどドキドキしながら、研究室と実験室の間を仕切るガラスに張りつき、少し前かがみになったままのアンジュロイドを見つめた。

それから一秒も経たないうちに「光ったぞ！」と記者のひとりが声を上げた。

——嘘！　成功したの？

窓に額を押しつけて実験室を見たが、アンジュロイドには何の変化もない。光った、と叫んだ記者が見ているのはスマホだった。

「ラルム・マニピュレーターの二足歩行ロボットの目が光り始めてるぞ！」

「ほんとだ！　光ってる！」

記者たちがどよめき、宗藤さんが「見せてください！」と記者に中継を見せてくれるよう頼んだ。すると、記者のひとりが宗藤さんの前にタブレットを置いた。

「そんな……」

宗藤さんが絶句する。

私も自分のスマホでラルム・マニピュレーターの中継画像を確認した。

画面には白衣を着た年配の男たちが難しい顔をして映っている。

次に彼らの前に置かれているロボットの目がアップになった。アンジュロイドそっくりのロボットの目が……。

「嘘……。ほんとに目が光ってる……。しかも猛烈に……」

私のイメージでは蛍のように仄《ほの》かに青白く光るのだと思っていたのだが……。

スマホに映っているロボットの瞳は眩《まぶ》しいほどに光り輝き、その光度はどんどん増している。

そして、画面のロボットが足を一歩前に踏み出すのを見て全身の血が一気に足許《あしもと》まで落ちたような気がした。——おや？

変な音楽が聞こえる。

——これってソーラン節？

その音楽に合わせ、ラルムのロボットが変な踊りを始めた。

次の瞬間。

タブレットに映し出されているロボットの目が、ボンッ！　と音を立てて破裂した。

「わっ！」

画面を見ていた全員がビクリと体を震わせ、声を上げる。

――ば、爆発した……の？

人的被害はないようだが、ロボットとその周辺が派手に燃えていた。

『▲○×※□※……！』

スマホの中の白衣が外国の言葉で怒鳴《どな》っている。明らかに失敗したようだ。

――よかったぁ……。私がデスクトップに残したデータ、偽物だったんだ。

腰が砕けるほどホッとした。

「あ！　光ったぞ！」

また、実験室で声が上がった。

今度は宗藤さんの前に立っているアンジュロイドの瞳がふんわりと光っている。蛍のように美しく。そして、優しく歩き出し、介護用の寝台に近づいてベッドメイキングを始めた。

「やった！　成功だわ！」

松山さんが声を上げ、宗藤さんと抱き合った。実験室の隅に立っていた竹中室長が安堵のあまりなのか、ふーっと白目を剝《む》いて意識を失い、周りのスタッフに支えられていた。

「けど、どうしてラルム・マニピュレーターが突然ロボットを公開するなんて言い出したんだ？」

ひとりの記者が口にした疑問に答えるように、山王丸が研究室から実験室に入ってきた。そして、愕然としている新井を実験室に引っ張りこむ。

「おまえがラルム・マニピュレーターに送ったデータは偽物だ。おまえには一銭も入らない」

「う、嘘だ！　なんで……」

ずっと不敵な顔をしていた新井の表情が歪《ゆが》んでいる。

「せめてこの場で自分がやったことを謝罪しろ。近いうちにおまえを訴えるであろうメディケア・ロボティクスの心証を少しでもよくしたいなら」

メディケア・ロボティクスの成功を目の当たりにした新井は別人のように力を失った足取りでフラフラと実験室の中ほどまで歩いていった。

アンジュロイドの周りに集まっていた記者たちが、その異様な雰囲気に道を開ける。

新井は松山さんと宗藤さんの前に跪いて頭を下げ、

「俺が宗藤麻里奈のノートを盗み、ラルム・マニピュレーターに売りました。そして、偽物とも知らずにPC上の制御データを盗んだのも俺です」

と、震える声で自白した。

「本当に申《もう》し訳《わけ》ありませんでした……！」

松山さんの名前を出すことなく、自分ひとりの犯罪だったと打ち明けた新井は、ノートやデータをどうやって入手したのか、記者たちに詰め寄られた。が、彼は入手経路については一言も言及しなかった。

——記者たちの前で松山さんのことを言わなかったのは、新井のせめてもの良心なのだろうか。

彼を見つめている松山さんは涙を浮かべ、切なそうな表情を隠せない。

腕組みをして新井の謝罪を見ていた山王丸は満足げに唇の端を持ちあげ、

「あとはよろしく」

と警備員たちに言い残してその場を立ち去った。

——なんとか黒星も免れた……。

それにしても、ファイルをとり違えていたら、大変なことになっていた……。

『戦争になります』

氷室の言葉が甦り、今さらながら震えあがる。

——てか、私のダウジング、すごくない？

8

休み明け。

メディケア・ロボティクスの事件について、山王丸がその後の経緯を私と氷室に説明した。

「松山亜紀は今回の過失を自分から室長の竹中に報告したそうだ。だが、彼女のこれまでの功績と、被害がなかったこと、反省が考慮され、訓戒処分に留まったそうだ」

「そうなんですね！　よかった！」

彼女とは短い付き合いだった。仕事のことで叱責されることも多かったが、嫌いなわけではなかった。何より、好きだった男に裏切られた彼女に同情していた。

「宗藤麻里奈がノートの存在をずっと隠していたことも、問題にしないそうだ」

「そうですかぁ……。いや、仕方ないですよね、宗藤さんが誰にも本当のこと言えなかったのは」

どっちが本物かわからなくなったデータファイルのことを最後まで誰にも打ち明けられなかった私には、宗藤さんの気持ちが痛いほどよくわかった。

ウンウン、としみじみうなずく私を山王丸が怪訝そうに見ている。

「あ、いえ。なんでもありません。さ、仕事、仕事」

久しぶりに、すっきりした気分で受付に座った。

とその時、氷室が私のところにやってくるのを見て、いつになくドキリとした。

それには理由がある。

昨夜、大学時代の女友だちとのウェブ飲み会で恋バナに花が咲いた。私以外の四人にはカレ氏がいて、みんなから「光希は誰かいい人、いないのか」と詰め寄られ、うっかり「お友だちから始めましょうって言ってくれてる人はいるんだけど……」と、なけなしの見栄《みえ》を張ってしまった。

すると、相手はどんな人なのかと根ほり葉ほり聞かれ、うっかり「ハーバード大学で東洋の至宝って呼ばれてたらしい天才。見た目も人形みたいに端正で綺麗なんだけど、ちょっとね」と語尾を濁《にご》したのだが、なぜかみんなからヤケクソ気味に「いいじゃん、いいじゃん、何が不満なの?」と責められ、「そんな優良物件、残ってるのが奇跡だって!」とか「さっさとOKしなさいよ! 勿体《もったい》つけてたら後悔するよ?」と脅迫交じりに気持ちを盛りあげられてしまった。

そう言われてみると、私ごときが何を選《え》り好《ごの》みしてんだ、という気もしてきた。アルコールが入っていたせいかもしれないが……。

飲み会が終わってベッドに入った後もなぜか、氷室から言われた「お友だちから」という言葉が何度も鼓膜に甦り、昨夜は眠れなかったのだ。

今はその整った顔を見るのが気恥ずかしい。

頰が上気するのを感じながら彼を見ると、氷室は、

「光希さんにちょっとお話があります」

と、改まった口調。だが、その表情はいつもと変わらない。重大な発言をする時も、飄々としている。そんな彼にももう慣れた。

緊張しながら椅子から立った。プロポーズを受ける女性のような気分で。

「は、はい」

「先日のことは忘れてください」

何の前置きもなく、氷室がそう言った。

「はい？」

「僕の異常な生体反応のことです」

私が彼を見るとドキドキするというアレのことだろう。

「実は、あの生体反応の原因は、恋のせいではありませんでした」

「え？　恋じゃない？」

「はい。ストレスによる不整脈であることが判明しました」

不整脈？　わけがわからず、心の中で聞き返す。

「心因性のものだそうです。僕にとって理解の限界を超えるものや、不条理だと思われるものを見ると発症するらしいです。まあ、命に別状があるわけではありませんし、生活にも支障はないのですが」

つまり、私が氷室にとって説明のつかない不条理な存在ということなのだろうか。

——それにしても……。

私が氷室のことを意識し始めたこのタイミングで、生体反応の原因が別のところにあったと判明するなんて。拍子《ひょうし》抜けというかがっかりというかばかみたいというか。

「というわけですので、お友だちから、という僕の発言はなかったことに」

「はぁ……」

この展開こそが不条理だと思いながらも、曖昧に相槌《あいづち》を打ってしまう。

しかし、心因性の不整脈なんて聞いたことがない。

「けど、よくドキドキの原因が不整脈だと気づきましたね」

「ああ。山王丸先生が僕の様子を見ていて、一度、専門医に診てもらった方がいいんじゃないかって、クリニックを紹介してくれまして」

「先生が？　そんな親切に？」

この前は、恋だ、と断言したのに？　もしかして、私たちをからかっているだけなのでは？　もしかして、その医者もグルなのでは？

もうすべてが疑わしく、信用できない。

しかし、氷室はどこか晴れ晴れとした顔で、

「では」

と自席に戻り、ＰＣに向かって上機嫌で仕事を始める。

——何？　そのさっぱりしたような態度。私は告白された側なのに？　お友だちから始めてみるのもいいかな？　って、その気になった途端にフラレた、みたいな？　こんなことってある？

納得がいかない。

悶々としながらふと鏡越しに見た山王丸が、さも面白いものでも観察するような顔で私を見ていた。

第2章　小百合《さゆり》の恋

1

秋はさらに深まり、朝夕、肌寒く感じられるようになってきた。

その日は前から山王丸に言われている書庫の掃除をすることにした。

給湯室の向かいに『書庫』と表記された白いプラスチックのプレートが貼りつけられている部屋があることは知っていた。が、入ったことはおろか、中をのぞいたことすらない、私にとっては未知の領域、開かずの間だ。

「う……っ！」

扉を開けると、何年も空気を入れ替えていないような埃の臭《にお》いが、むわん、と廊下に流れ出してくる。

息を止め、急いでマスクを装着した。

今にも雪崩を起こしそうな恐ろしい量の資料を見回し、途方に暮れる。

――掃除とは分類だ。とりあえず資料を種類ごとに分けることから始めるか。

まずは目の前に積まれている書類の一番上にあるブルーの紙ファイルから手にとった。

不要なものを廃棄しながら足許を拡《ひろ》げていく作戦だ。

「うん？　山王丸総合研究所開設関係書類？」

最初に目についた古い紙ファイルの背表紙にはそう書かれていた。

――開設に関する書類……。

山王丸が事務所を古いまま使っている理由と関係があるかもしれない。

ファイルにはこの事務所が開設された当時の定款や登記、決算に関する資料などが収められていた。思わずしゃがみこみ、子細に眺める。

「開設者は公認会計士、山王丸……彩子《あやこ》？」

母親？　親戚《しんせき》？　何にせよ、ここは山王丸自身が開設した事務所ではないようだ。

開設者である山王丸彩子の生年月日は一九五三年となっている。今、六十代後半の女性ということになる。年齢的には山王丸の母親でもおかしくない。

「もしかして、ここは山王丸先生のお母さんが作った事務所なの？　まさか四十年近く前に開設したままの状態で使ってるの？　いやいや、さすがにもう限界なのでは？」

――それでもそのまま使ってる理由って、やっぱり母親が作った愛着ある事務所だから？

あの山王丸にそんなセンチメンタルな感情があるのだろうか？　訝りながら更なる情報を求めてページをめくった時、ファイルに挟んであったらしい薄い写真週刊誌がスルリと落ちた。

「うん？」

床に落ちた週刊誌は真ん中あたりで開いた状態だ。誰かがそのページを何度も読みこんでいたかのように。

そこには大勢の人たちにとり囲まれ、土下座をしている女性の写真があった。

それは大手電機メーカーの不正会計が大蔵省の検査で発覚したという記事だった。

「監査を行っていた会計事務所代表がメーカーと共謀して所得隠しの手助けか……」

声に出して記事を読みあげながら首を傾げる。

「こういうのって不思議なんだよね。この人、いったい、誰に対して土下座してるんだろう……」

確かに脱税はいけないことだけど、こんな風に不特定多数の人にこんな姿をさらさなきゃいけないようなことなのかな？　かつて所属タレントのW不倫の謝罪会見で芸能事務所を代表して土下座をした私が言うのもアレなのだが……。

キャプションによれば、写真の女性は山王丸会計事務所の代表、公認会計士の山王丸彩子（三十八）とある。

「これが若い頃の山王丸彩子？　この事務所の開設者……」

雑誌の裏表紙を見ると発行されたのは一九九一年十一月。三十年も前の事件らしい。

白黒写真にもう一度目を凝らすと彫りの深い日本人離れした顔が山王丸によく似ている。

「やっぱり、山王丸のお母さんだよね……」

スマホでこの事件のことを検索してみた。電機メーカーの社名と脱税というワードだけで意外にも沢山の記事が上がってくる。

当時、山王丸彩子は美人会計士としてマスメディアへの露出も多い有名人だった。が、不正会計に加担したことで一転、マスコミからバッシングされ、世間からも非難されたようだ。

結局、これが原因で彼女は会計士を辞めたみたいだ。

最後に読んだ記事は山王丸彩子が睡眠薬を多量に摂取して病院へ救急搬送されたというもので、自殺なのか事故なのかは不明、という無責任な言葉で結ばれていた。

逆算すると、山王丸が十二歳ぐらいの時の出来事だ。

——ショックだっただろうな……。

大手企業の顧問を務め、テレビでもコメンテーターを務めていた美人会計士。きっと自慢のお母さんだったよね……。その母親が不正に加担して土下座して謝る姿を見ることになるなんて……。

以前、山王丸から言われた「許されない土下座には一円の価値もない」という言葉を思い出す。

――だから山王丸はあんな人間になってしまったのかな。

この仕事をやるようになって、世の中の人たちがいかにマスコミの情報を鵜呑《うの》みにし、気持ちを左右されやすいものであるかを思い知った。

「不正に加担したのが事実なら悪いことかもしれないけど、ここまで叩かなくたって……」

やりきれない気持ちで雑誌に視線を落としていた時、コンコン、と開けっ放しのままの扉をノックする音がした。山王丸の心の闇《やみ》をのぞき見てしまった私は、ドキリとして両肩を跳ねあげながら振り返った。

無表情の氷室が立っている。

「な、何か？」

ドキドキしながら尋ねると、氷室はいつものように事務的な口調で言った。

「光希さん。山王丸先生が二階のミーティングルームにコーヒーを三つ運ぶように、と」

「え？　クライアントが来たんですか？」

気持ちがぴょんと跳ねる。

急いで雑誌とファイルを元の場所に戻し、すっくと立ちあがった。

「アイタタ……。足が痺れちゃった」

ずっとしゃがんでいたせいで立ちあがった瞬間によろめいて、咄嗟に氷室の腕を摑んだ。

「あ、ごめんなさい。イタタタ！」

急に彼の二の腕を握ってしまったことを謝ったのだが、氷室は変な顔になっている。処理しきれない状況に戸惑っているようだ。

「氷室さん。もしかして、足が痺れたこと、ないんですか？」

「足の血流が悪くならないような姿勢《ポスチャー》に体を保《たも》てばいいだけのことでは？」

「それはそうですけど、うっかり熱中しすぎて負荷がかかるなんてこともあるのでは？」

「ないですね」

「………」

いや、今はアンドロイドの体質や思考などどうでもいい。

「お茶出し、行ってきまーす！」

スキップしながら二階に上がり、美しいキッチンでコーヒーをいれ、銀のトレイに載せてミーティングルームに運んだ。

クライアントは到着したばかりらしい。ロングヘアのスレンダー美女が山王丸に名刺を差し出していた。その身長は一七〇センチをゆうに超えていそうだ。

――うわ。すっごい美人！　しかも、モデルみたいなスタイル！

白いパンツに細身のジャケットがよく似合っているその女性は、一流企業の重役秘書といった雰囲気だ。

「芸能事務所アルテミスの秋月《あきづき》と申します」

深すぎることもなく、浅すぎることもない、絶妙な角度の美しいお辞儀はまるでベテランCAのようだ。

――アルテミス⁉　さすが日本一のモデルクラブだ。社員までもが美しい。

大手芸能プロダクションであるアルテミスは約五十年前、日本初の本格的なモデルエージェンシーとして発足した。

八〇年代に急成長し、今やモデルだけでなく、アイドルから女優まで多種多様な美人タレントを抱える芸能プロダクションとなり、業界では美のデパートと呼ばれている。

秋月と名乗った女性は、名刺に視線を落としている山王丸に補足した。

「肩書は常務取締役《じょうむとりしまりやく》ですが、今はこちらにいる宝生《ほうしょう》小百合のマネージャーも兼任しております」

秋月さんは後ろに控《ひか》えている女性を手のひらで指し示した。

——え⁉ 宝生小百合って、あの宝生小百合⁉ どこに⁉

その人はマネージャーの後ろに隠れるようにして、あまりにもひっそりと立っていたので、そこに誰かがいることにさえ気づかなかった。

彼女はレザーのキャップを目深にかぶり、サングラスにマスクを装着していた。

それでも、その存在に一度気づいてしまうと、目が離せない特別なオーラを感じる。

そして、美貌《びぼう》は隠しきれない。

わずかに見える肌の白さときめ細かさ。厚手のニットをインしているウエストに目を奪われた。細い。内臓、どこに入ってんの？ と聞きたくなるほどに。

——これがあの宝生小百合……。

宝生小百合は今をときめく清純派女優だ。

十二歳の時、芸能界への登竜門と言われるビッグな美少女コンテストでグランプリを受賞した彼女は、そのまま子役としてデビューした。

それから八年間。事務所は彼女の仕事を慎重に選び、大切に育ててきたのだろう。年代を問わず人気があるのに、バラエティー番組への出演は皆無。その一方で、出演本数こそ少ないが、彼女が出るテレビドラマは大ヒット、出演映画は海外の映画賞を受賞している。

演技力にも定評があり、昨年は二十歳の若さで日本最大の映画賞の主演女優賞も獲得した。事務所の期待どおり、着実にキャリアを積みあげている将来の大女優なのだが……。

——そう。彼女はやらかしてしまったのだ。

これまで浮いた噂ひとつなかった清純派女優が、つい先日、ヤバい写真を撮られた。

「まあ、どうぞ」

山王丸がソファに座るようふたりに勧める。

秋月さんは小百合さんと並んでソファに腰を下ろし、しばらく黙りこんでいた。が、私がテーブルにコーヒーを置いたのをきっかけにするみたいに「実は……」と口を開く。

「既にご存じのことと思いますが、先週、この写真が週刊誌に載ってしまいまして」

爪《つめ》に色を載せていない細長い指がバッグからとり出したのは一冊の写真週刊誌だ。

先週発売されたその雑誌の表紙には、他のタイトルよりひと際大きな文字で、『国民的な清純派女優、宝生小百合が人気ホストとラブホテルで密会か?』とある。

そう……。今、ワイドショー番組は宝生小百合の話題で持ちきりだ。

「ああ、これなら知ってますよ。歌舞伎町《かぶきちょう》のホストと一緒にホテルに入ったとかどうとか」

山王丸が彼女のスキャンダルをさらりと口にする。

開いた週刊誌のページには、ホテルに入っていく男女の姿が写っている。

先を歩いている人物は小百合さんのようだ。彼女がホテルに向かって手を引っ張っているように見える相手は、キャップにレザーコート、そしてボトムスはジーンズ。

その男の名前はどこにも書かれていないのだが、わずかに見えるその横顔は、最近テレビのバラエティー番組でもよく見かけるようになった人気ホスト、歌舞伎町にあるクラブ『魔王』のナンバーワン、『ルシファー』にそっくりだ。

どう見ても、小百合さんの方がルシファーをラブホに引っ張りこもうとしているように見えるこの画像は私もネットで見た。

「実はジャングル興業の荒田《あらた》社長からここを紹介していただきまして」

久しぶりに思い出した。私をこの事務所に送りこんだ顔面凶器と呼ばれる強面《こわもて》、お笑いタレント専門の芸能事務所社長の顔を。紹介料を巻きあげたのか、恩を売ったのか……。転んでもタダでは起きない浪速《なにわ》の商人《あきんど》だ。

「この、今まさに燃え盛っている案件を鎮火させろと?」

どっちがクライアントかわからないほどゆったりとソファに背中をもたせかけている山王丸が脚を組み替える。

「ええ。このままでは、爽やかなイメージで起用されたCMはすべて解約されてしまいます。違約金も莫大《ばくだい》なものになるでしょう。社長は怒り狂っていて、これ以上炎上したら小百合を解雇せざるを得ないと」

「つまり、否定するんですね?」

と、即座に言った山王丸が片方の口角を持ちあげて続ける。

「つまり、合意の上でホテルに入ったのではない。引っ張りこんだのも彼女ではないと」

「そうです」

と、秋月さんは言い切るが、写真の構図からいっても、それはちょっと無理があるのではな？　と首を傾げてしまう。『宝生小百合がホストクラブで泥酔して、ルシファーにしなだれかかっていた』という他の客の証言も載っていたし……。

それなのに、山王丸は、

「たとえば、宝生小百合は友だちの誘いを断りきれずにホストクラブへ行ったが、飲み慣れないアルコールで気分が悪くなった。周囲に気を遣って、ひとりで帰宅しようとフラフラしてるところを、ルシファーに自宅まで送り届けてあげると言葉巧《たく》みに誘われ、ラブホテルに連れこまれた、とか？」

と、サラサラ淀みなく写真に対する言い訳を作って並べた。それを聞いた秋月さんが目を輝かせてセンターテーブルに身を乗り出した。

「そう！　そのとおりです！」

「だが、ホストがシャワーを浴びている間に小百合は酔いが覚め、ホテルから逃げ出して、国民的清純派女優の貞操は守られ、事なきを得た、と」

「そう！　小百合の純潔は保たれなくてはならないんです！」

秋月さんが語気を強めた。そして、

「とは言え、世間をお騒がせし、ファンの皆さんにご心配をおかけしたことを謝罪したいという小百合自身の申し出により会見を行うことになった、という線で進めたいというのがアルテミス側の意向です。ただ、ホストクラブの名前とかルシファーというワードを出すのはあまりに生々しく、イメージダウンの恐れがあるので、そこは濁したいと思ってます」

と締めくくる。

——うーん……。

写真の小百合さんは無理やり連れこまれているように見えない。どう見ても連れこんでいる側だ。山王丸と秋月さんが作りあげたストーリーはかなり無理筋な気がした。

しかも、あんなに噂になっている相手を濁して会見をするなんて、世間に納得されるのだろうか。

ところが……。

「なるほど。わかりました。お引き受けしましょう」

山王丸が深くうなずき、あっさり依頼を受けてしまった。

——え？　質問タイム、もう終わり？　そんな説明でほんとに炎上は収まるの？

なんだかもやもやしたものが残る。

「それでは謝罪会見の方、よろしくお願いします」

秋月さんが頭を下げた。

「お任せください」

山王丸が不敵な笑みを見せたその時、それまで黙っていた小百合さんが立ちあがった。

「私、嘘は言いたくありません！」

俯いたまま、叫ぶようにそう言い放つ彼女の両方の指はぎゅっと握られている。

「私、想いが伝わらない憂《う》さを晴らすために、お酒を飲んだんです！　私がホテルに行きたいって言ったんです！　それが真実です！」

——え？　そうなの？　それはそれでびっくりなんだけど！

私はトレイを抱えたまま唖然《あぜん》と小百合さんを見る。

が、その小さな顔はサングラスとマスクに覆《おお》われているせいで、表情は読めない。

「黙りなさい！」

そう叫んで立ちあがった秋月さんが、いきなり小百合さんの頬を平手で叩いた。

小百合さんのサングラスが飛び、床に落ちる。彼女の目許《めもと》は泣き腫《は》らしたように真っ赤になっていた。

——う、美しい。

ピンク色に腫れた目尻さえもが芸術的な美しさに見える。秋月さんも女優並みに美しいせいで、まるでドラマを見ているかのようだ。

「あなたは何を考えてるの？　そんなこと、世間に公表できると思ってるの⁉」

当然といえば当然だが、事務所は彼女の恋愛に反対しているようだ。

「帰るわよ！」

急に険《けわ》しい表情になった秋月さんが、小百合さんの手を乱暴に引っ張ってミーティングルームから出ていった。

その高圧的な態度と理不尽な暴力を目の当たりにした私は、看板女優である小百合さんの恋愛をアルテミスは絶対に許さないのだ、と覚った。

2

「光希。クラブ魔王へ行ってルシファーに会ってこい」

ふたりの美女が帰っていった後、コーヒーカップを片付けている私に山王丸が命じた。

「え？　ホストクラブ？」

びっくりしてトレイの上のカップを落としそうになった。

「そ、そんなところに行ったら、有り金全部むしりとられて身ぐるみ剝がされて最後は風俗に売られるって聞いたことがあります。そんな恐ろしいところに、『ちょっとコンビニ行ってこい』みたいな軽々しいトーンで言われても……」

「いったい、いつの時代の感覚だ。今では普通の会社員の女性が疑似恋愛を楽しんだり、ストレスを発散したりしに行くような場所だ」

「は？　そうなんですか？」

そんなものなの？

半信半疑のままミーティングルームを片付けて一階の事務所に降りると、山王丸が氷室に「光希のクレジットカードはできてるか？」と聞いている。

「はい、こちらに」

氷室がファイルを開き、そこから抜いた黒いカードを私に差し出す。そこには私の名前がローマ字で刻印されていた。

「ブ、ブラックカード？　しかも、私名義？」

「コーポレートカードだ。経費はこの事務所の口座から落ちる。調子に乗って使いすぎるなよ」

金の亡者が私の好き放題に使える打ち出の小づちを持たせるなんて……。

後が恐ろしくて受けとる指先が震えた。

「僕も一緒に行きますから」

「え？　氷室さんも？」

ひとりで行くよりは心強いが、男性同伴でホストクラブに行くなんて、一般的にアリなのだろうか？

困惑しながら氷室の顔を見上げる。

「光希さんがひとりでホストクラブにいる場面を想像すると、なんだかとんでもないことが起きるんじゃないかって、口から心臓が飛び出しそうで、じっとしていられません」

だから、なんで？　ただの不整脈だって言ったじゃん！

「氷室さん。紛《まぎ》らわしいことを言うのはやめてください」

フラレた時のことを思い出し、冷たく突き放してしまった。すると、山王丸が、

「まあ、そう言うな。おまえたちはバディじゃないか」

とまたわけのわからないことを言って事態を混乱させる。

「私と氷室さんがバディだなんて、今初めて聞きましたけど？」

そう言い返して睨んでも、山王丸はさも面白いものでも見るように笑っているだけだった。

その日の夜、私は持っている服の中で一番可愛いワンピースを選んで歌舞伎町に赴《おもむ》いた。

同行している氷室はジーンズにジャケット姿。ショーウインドウに映る私たちはカップ

ルに見えないこともない。

「ふたりでホストクラブに行くなんて、変な感じですよね。ホストの人もやりにくいんじゃないでしょうか」

最初は心強く思えた男性同伴だが、なんとなく逆にハードルが高くなったような気がしてきた。

「そうですか？　では、僕は世間知らずのお嬢様に付き添う執事ということで」

そんなレアなシチュエーション、誰が信じるんだろう。だが、氷室は真顔だ。

「あ。あのビルみたいですね」

既に地図アプリが頭の中にインプットされているのだろう、迷う様子もなく歩いていた氷室が、ガラス張りのビルを指さした。

洗練されたビルの入り口から地下へと続く階段の横には、芸能人に勝《まさ》るとも劣《おと》らないほどカッコいいホストたちの写真が並んでいる。

「うわぁ。みんな、素敵！　綺麗！　カッコいい！　まぶしー！」

階段の一段一段で足を止め、タレントのブロマイドみたいな写真をしげしげと眺める。

「本当にこんな素敵な人たちが接客してくれるんですかね？」

こっちまでキラキラした気持ちになって胸の前で指を組みながら、後ろを下りてくる氷室を見上げると、彼はまた左胸を押さえ、息が止まりそうな表情で私を見ている。

「そんな風に惚《ほ》れっぽい恋人を見るような、不安そうな目で見ないでください」

「恋人？　いいえ。これはあくまでも不整脈のせいです」

心臓に原因があるのなら猶更《なおさら》、不条理な私と一緒にいない方がいいと思うんだけど……。

階段を下りたところに、悪魔のイラストと『魔王』の文字がスタイリッシュに描かれた扉が現れる。

「篠原光希、入ります！」

私はワクワクしながら未知の世界へと続く扉を押した。

入り口の横に立っていた黒いスーツ姿の男性が慇懃《いんぎん》に頭を下げる。

「いらっしゃいませ」

四十歳ぐらいだろうか。その渋い雰囲気の男性はカップルのようなふたりが来店しても動揺する様子はない。その態度を見て、こういう来店もアリなんだ、と造詣《ぞうけい》を深くする。

「どうぞ」

天井で輝く豪華なシャンデリア。艶《なま》めかしくフロアを包む紫色の間接照明。カーペットはふかふかで、高級感溢《あふ》れる内装に圧倒される。

「あ、あの。こういうお店に来るの、初めてなんですけど」

ドキドキしながら訴えると、男性は爽やかに微笑んだ。

「全然大丈夫。初心者の方、大歓迎です」

「そ、そうなんですか？」

「今は常連になられた方でも、最初は初心者ですからね」

そりゃそうだ。なるほど、とうなずく。

「申し遅れました。私は代表の魔夜《まや》です。こちらへどうぞ」

そういえば、この人のプロフィール写真も階段横の壁にはってあったっけ。

実物は気さくな雰囲気だが、代表ってことは、どうやら偉い人らしい。

「はい。作法がわからないので、色々教えてください」

「あはは。素直な高校生みたいで可愛いねぇ」

「えへへ」

急にくだけた言葉遣いになった魔夜代表の蕩《とろ》けるような笑顔につられて照れ笑い。

案内されたのは大きなソファのあるボックス席だった。

「キャストは適当にみつくろっちゃっていいですか？」

魔夜が私と氷室の前にコースターを置きながら尋ねる。

私はフロアを見渡して、小百合さんと一緒に写真を撮られたルシファーの姿を探す。

が、ネットで調べたルックスに該当するホストは見当たらない。そう言えば、階段横にも彼の写真はなかったような気がする。

「あ、えっと。今日はルシファーさんって……」

「え？　ルシーですか？」

と言い淀む魔夜の顔が曇っている。

「あ、すみません。色々なホストクラブの情報をネットで見たんですけど、ルシファーさんがすっごく素敵だったので、このお店に来たくなって……」

とりあえず、スキャンダル記事のことには触れず、初心者丸出しの感じで訴えてみる。

「それは残念です。彼は今、プライベートがゴタゴタしてて、店には出てないんですよ」

「そうなんだぁ……。本当に残念です」

空振りかぁ……。心底、落胆した。

ブラックカードを握りしめ、緊張しきってここまで来たというのに……。

捜査対象がいないのでは、ここにいる意味がない。

——仕方ない。氷室さんと一杯だけ飲んで帰るとしよう。

がっかりしていると、フロアの中央にしつらえられたカウンターの隅で飲んでいる男性が振り返った。

豊かなプラチナブロンドの髪をひとつに束ねている。

振り向いただけでハッとさせられる。北欧系の民族みたいな彫りの深い整った顔立ち。

その男性の磨きあげられた宝石さながらの美しさにクラッと眩暈《めまい》を覚えた。

「俺を指名したいって？」

カウンターを離れ、にこやかに声をかけてきたのはネットで画像を確認したルシファーその人だった。写真でも十分に美しかったが、実物には圧倒的なオーラと迫力がある。

——なんてノーブルな美貌……。この人が……ルシファーさん……！

見惚《みと》れていると、私の正面で水割りを作っていた魔夜代表が厳しい顔になって立ちあがり、こちらへ歩いてくるルシファーの前に立ちはだかった。

「ルシー、ダメだって。スタッフ以外とは接触しないって約束じゃないか。店にいるだけ、って言っただろ！」

代表は声を押し殺し、ルシファーをカウンターの方へ押し戻そうとしている。

「だって、退屈じゃん。女の子を口説けないなんて。俺に息をするな、って言ってるようなもんだよ」

つまり、この人は呼吸をするように女子を口説くわけだ。

——小百合さんは、こんな人を好きになっちゃったの？

ホストという職業柄、当然と言えば当然なのかもしれないが、かなりがっかりしている自分がいた。

「ちょっ……、待て、ルシー……」

阻止しようとする魔夜代表の手を振り払い、彼は座っている私の横に立った。

「プリンセス。今日、俺がここで相手したこと、内緒にしてくれるよな？」

ルシファーがグラスを片手にニッコリ微笑む。

「ル、ルシファーさん……！」

——ヤバい。微笑まれただけでもう好きになりそう。これがナンバーワンホストの実力ってヤツなの？

「ルシー、って呼んでくれ」

と、彼はさりげなく私の右手をとり、手の甲に軽くキスをした。

——や、柔らかい唇の感触……。

心を鷲摑《わしづか》みにされそうになっている、その隙に、ルシファーは軽やかな動作で私の隣に座って脚を組んだ。

氷室は見てはいけないものを見てしまったような顔をして目を逸らし、ソファに両手をついてハアハアと苦しげに荒い息をしている。

——変な人……。

そんな氷室のことを気にする様子もなく、ルシファーは、

「俺、しばらく店に出ないことになっててさ。今日も指名ゼロで退屈で死にそうだったんだわ」

と、冗談ぽく笑う。

その右手はさりげなくソファの上部に置かれていて、今にも肩を抱いてきそうな位置に緊張した。

彼の体から漂う甘い匂いにうっとりしていると、魔夜代表が戻ってきて「ルシー、他の客に見つかると面倒だ。個室へ行け」と命じた。

人目がない個室なら、色々聞き出すのには好都合だ。

「行きましょう！　お金ならあります！」

「待ってください！　僕も行きます！」

そう叫んだ氷室は、死にそうな顔をしてヨロヨロしながらついてきた。

フロアを横切るルシファーに魔夜代表が近づいてきて「余計なこと喋るなよ」と釘《くぎ》を刺す。

が、ルシファーは無言で笑っていた。

「個室はこっちだよ」

と先に立って歩く後ろ姿を、どこかで見たことがあるような気がした。

――いや、週刊誌で見たシルエットだからだよね、きっと。

案内された場所は個室といっても、それまでいた広いフロアの一角が薄いカーテンで仕切られているだけだ。それでも……。

――こんな狭い空間にナンバーワンホストとふたりきりになったら……。

アルテミスで大切に育てられた純粋培養の小百合さんは、ルシファーにハマってしまったんだろうか？

「どうぞ」

勧められるままルシファーの隣に座ろうとすると、氷室が割りこむようにして彼と私の間に座った。ルシファーはその様子を見て、ただ薄く微笑んでいる。

――どの角度もどの表情も完璧に美しい。

「プリンセスは東京に来てまだ日が浅いの？」

遠回しに都会的なセンスに欠けていると言われていることはわかっているのだが、彼が話しかけてくるたびに心拍数が上がり、頬が勝手に火照《ほて》る。

わけもなくモジモジしてしまう私の代わりに氷室が答えた。

「いいえ。こう見えても彼女は都内出身です。生まれも育ちも八王子で、今は実家から出てひとり暮らしをしています」

「そうなんだ。全然スレた感じがしないから、てっきり最近東京に出てきた地方出身の女の子かと思ったよ」

そう言いながらニッと口角を持ちあげた横顔が誰かに似ている。それが誰なのか思い出せない。けれど、こんな派手なルックスの男性に知り合いはいない。

「あ。そう言えば、まだ名前、聞いてなかったね」

するとまた私が口を開く前に氷室が答える。

「篠原です。篠原光希」

「へえ。光希ちゃんかぁ。可愛い名前だね」

「ありがとうございます」

と、私の代わりに礼まで述べてしまう氷室。私とルシファーが直接トークするのを阻止するかのように。が、ルシファーはそれを気にする様子もない。

「で、ふたりはどういう関係なの？」

ルシファーには私たちがカップルには見えないらしい。

「執事とお嬢様です」

ここは私が答えた。氷室の考えた設定が反射的に口から出たのだ。

「マジで？　生の執事って初めて見た」

ルシファーは喉《のど》の奥をクックと鳴らすように笑った。

「お嬢様って、ふだんは何をしてるわけ？」

「お嬢様は深窓の令嬢という身分を隠して公認会計士事務所で働いています」

また勝手に氷室が答える。自分で言っておいてなんだが、その設定にはやっぱり無理があるような気がしたが、「へえ」とルシファーは感心したようにつぶやく。

「で、お嬢様は何飲む？」

優しく目を細めるようにして尋ねる美形ホストに私が見惚れている隙に、また氷室が、

「お嬢様にはアルコール濃度低めのカクテル的なヤツください」と注文。

ルシファーと氷室はウイスキーの水割りだった。

氷室はルシファーと競うかのようにハイペースで飲んでいる。

――アンドロイド氷室は酔っぱらったらどうなるんだろう。

一抹の不安を感じた。ヒト型ロボットがソーラン節を踊る姿を思い出す。

もう誰も当てにできない。私が、ルシファーと小百合さんとのことを探らなければ。

甘いカクテルをちびちび飲みながら、仕掛けるタイミングを計りつつ、ルシファーを観察していた。

その時、グラスをコースターに戻した氷室が口を開いた。

「指名、ほんとにないんですね」

不整脈に苛《さいな》まれ、大量のアルコールを飲んでいても、ミッションは忘れていないようだ。

するとルシファーは苦々しそうな顔をして「まあね」と低く答え、溜め息をつく。

そして黙りこみ、憂さを晴らすように立て続けにグラスを空けた。

我慢しきれなくなった私は核心に踏みこんだ。

「ルシーさんは歌舞伎町でも人気ナンバーワンだってネットにも書いてありました。それなのに指名がないなんて……。いったい、どんな事情があるんですか？」

スキャンダルのことは知らないふりをして尋ねてみた。

「全部あのデマのせいだよ。週刊誌に変な記事が出てから、店の前でパパラッチが待ち伏せして客に俺のことしつこく聞いたり、客になりすました女の記者が俺を指名して店の中で宝生小百合とのことを根ほり葉ほり聞いてきたり」

「え？　そんなことがあったんですか？　私、あまりテレビとか見ないので」

世間の情報に疎《うと》いお嬢様を装った。

「代表からしばらく出禁にする、って言われたんだけど、俺、この店の空気を吸わないと死ぬ、って代表に訴えて」

店の非常口から出入りし、店の片隅でひっそり飲んでいることを条件に置いてもらっているのだという。

――どんだけこの職場が好きなんだ。

だが、クラブに出勤していても客の目に触れることはできず、指名は代表が全部断ってしまうため、ネットにはルシファーがアルテミスに葬《ほうむ》られた説まで囁かれているのだという。

「けど、光希ちゃんがわざわざ地方から俺に会いにきてくれたって聞いたらもう、理性のリミッターが外れて声をかけちゃったわけさ」

「だから地方ではありません。出身は八王子ですし、今日は西新宿から来ました」

今回のスキャンダルで迷惑を被《こうむ》っていることはよくわかったけれど……。

その時、氷室が、

「デマって……。小百合さんとのこと、本気じゃないってことですか？」

と鋭く切り込んだ。

「だから、俺は宝生小百合になんて、一度も会ったことないんだって。誰も信じてくれないけど、嘘じゃない」

「でも……」

私には週刊誌の人物とルシファーが同一人物にしか見えない。

「まぁ、もし彼女が俺の客だったとしても、相手が女優だろうが一般人だろうが関係ないけどね」

「か、関係ない？」

「俺は世界の恋人だからね。俺は、俺を愛してくれる女性すべてを幸せにしたいんだよ」

「………」

呆《あき》れて物が言えない。ホストってそういう生き物なのだろうか。

「とにかく、今日は俺を指名してくれたプリンセスだけの恋人だよ、光希ちゃ〜ん」

そう言いながらルシファーが氷室を押しのけて隣に座り、私にしなだれかかってきた。

「ひゃあ！」

甘い息が顔にかかり、私は思わずソファから立ちあがった。

「く、苦しい……。もう限界です。心臓が口から飛び出します」

ルシファーの向こうでは氷室が口を押さえ、顔を歪めている。

きっと例の不整脈に加えて、じゃんじゃん飲んでいたアルコールのせいで脈拍数が一気に上がっているんだろう。

「氷室さん？　大丈夫ですか？　救急車、呼びますか？」

「す、すみません……。光希さんがホストと密着している姿を見たら、心臓がバクバク言い出しました」

「やめてください。紛らわしい。とにかくここを出ましょう」

私たちが個室を出ようとした時、ルシファーが、

「本当に俺じゃないから。宝生小百合とホテルに入ったのは」

と念を押すように言う。

——まだ、そんなこと言ってるの？

それはホストを続けるための嘘としか思えなかった。

「また来てくれよ。これ、俺の名刺」

差し出された紙片にはゴールドの縁取りがあった。

カウンターに寄りかかって心配そうにこちらを見ている魔夜代表に「すみません。お会計をお願いします」と声をかけた。彼はルシファーがカウンターに戻ってくるのを見てホッとした顔になる。

初回のせいか、はたまた滞在時間が短かったせいか、想像していたよりはリーズナブルな料金をカードで支払った。


ビルを出て時計を見ると午後九時。

駅に戻る途中、クリニックの看板が出ているのを見つけた。夜の職業に従事する人が多い街であるせいか、新宿には深夜でも開業している病院が複数あると聞く。

「氷室さん。いい機会です。ルシファーさんのことは私から山王丸先生に報告しておきますから、不整脈のこと、ちょっと診てもらったらどうですか？　以前より悪化してるように見えるので」

この際、山王丸の息がかかっていない医師にちゃんと診断してもらった方がいいような気がした。

「そうですね。セカンドオピニオンは大切ですからね」

まだ灯りの点っている数メートル先の内科クリニックの看板に向かい、氷室は速足で歩いていった。

——まあ、あれだけサクサク歩けるんなら心配ないか。

氷室の代わりに事務所に戻り、ホストクラブでの顚末《てんまつ》を山王丸に報告した。

「というわけで、ルシファーさんは小百合さんのことをこれっぽっちも大事に思ってないし、言うに事欠いて、あの写真は自分じゃないとまで言い出す始末でした」

すると、山王丸はいつものようにソファに仰臥《ぎょうが》したまま天井を見上げて「ふうん」と腕組みをする。

私は呼吸をするように女性を口説くと公言するホストの言葉は信用できないと思っていたのだが……。

山王丸は、「だが、ルシファーが言っていることが嘘だとは限らない。アルテミスの秋月女史もあれがルシファーだとは一言も言わなかった」と考えこむようにつぶやく。

「じゃあ、あの写真はルシファーのそっくりさんってことですか？　あんなイケメンが他にもいるってことですか？　にわかには信じがたい話なんですけど」

「世の中には同じ顔の人間が三人いるとかいないとか。だが、小百合の相手が誰であるかはそれほど大きな問題ではない」

「は？　問題じゃない？　国民的清純派女優の交際相手なのに？」

「小百合が自分の意思で誰かとラブホに入ったわけではない、という話を世間が信じればそれでいい。それがプロダクション側の要求だ」

「ああ、世間知らずの小百合さんが酔っぱらってフラフラしているところをホテルに連れこまれた、っていうアレですか？」

「そうだ。その話を小百合自身の口から釈明させて、世間があの写真を撮られたのは事故だったんだという話を信用し、彼女の清純なイメージが保たれれば問題ない。もし、それができなければ、アルテミスも小百合自身も甚大な損害を被ることになる。それだけだ」

「それだけ、って……」

けれど、小百合さんの一途さを思い出すと、彼女自身がそんな釈明をするとは思えない。

「けど、どうやって小百合さんを説得すれば……」

「その件はおまえに任せる」

「は？　私に？」

この難局を？　丸投げ？

「そうだ。おまえが宝生小百合を説得するんだ。年も近いし、自分の恋バナのひとつでもして、共感を得ることができれば、頑《かたく》なになっている小百合も心を許すだろう。そうやって友だちになったところで、自分の将来をしっかり考えるようにアドバイスしろ」

と山王丸は簡単に言う。

「こ、恋バナ……」

自慢じゃないけど、これまでの私の恋は片想《かたおも》いばかりだ。先日の氷室の不整脈の一件で、生まれて初めて異性から告白されたのに、なぜかフラレてしまったし。

「恋愛経験がないんなら妄想でもいいぞ」

山王丸が意地の悪いトーンで言い放つ。

「ありますよ！　恋愛経験のひとつやふたつやみっつやよっつ！　わかりました。明日にでも、小百合さんと恋バナに花を咲かせて説得してやりますよ！」

売り言葉に買い言葉。流れと勢いで引き受けてしまった。

「よし、任せた」

あっさりそう言って山王丸は再び目をつぶる。大船に乗ったような顔で。

――ヤバい……。

うっかり見栄を張ってしまった自分を恨みながら、事務所を出てスマホの時計を見ればもう夜の十時過ぎ。

美人女優を相手に、いったいどんな恋バナをすればいいのか見当もつかない。

白く輝く三日月を見上げて溜め息をつきながら、やっと家路についた。

3

次の朝、出勤してすぐ、秋月さんに電話を入れた。

「すみません。山王丸事務所の者なんですが、謝罪会見のことで少し小百合さんと打ち合わせさせていただけないでしょうか？」

すると、秋月さんの方から、

「すみません。今日は私が出張で立ち会えなくて……」

と、断られそうになった。

が、先日の様子からして、むしろマネージャーが同席しない方が小百合の本音を聞き出せそうだ。

「あ、打ち合わせといっても、今日は会見の時に着る服の採寸だけなので……」

そう言ってみると、秋月さんは「そういうことでしたら、夕方、宝生のマンションに行ってください。ただ、周囲にパパラッチがウロついてるかもしれないので、気をつけてくださいね」と声のトーンを落とした。

「わかりました。住所をお願いします」

スマホをスピーカーに切り替えてメモをとった。

「さて、と……」

アポがとれた時刻まで、小百合さんとルシファーの経歴やインタビュー記事を検索した。

小百合は大企業で重役を務める父親とピアノ教師の母親との間に生まれたひとり娘で、何不自由なく育った。

お嬢様学校として有名な女子大付属の中高一貫校に中学から通っている。

一方のルシファーは東北の寒村に生まれ育った。五人姉弟の末っ子。四人の姉がいて、王子様のように可愛がられていたそうだ。だが、父親の借金のせいで一家離散。彼は一日も早く自分で稼げるようになりたくて高校卒業と同時に上京した、とインタビューの中で語っている。二十歳になるまでは皿洗いやバーテンダーをやりながら水商売のことを勉強したそうだ。

——全く共通点ないな……。

けど、お互いに自分が持ってないものを求めた、ということもあり得る。

「あれ？　これって、アルテミスの秋月マネージャー？」

小百合さんのことを調べているうちに辿り着いた所属プロダクションの関連記事。その中に秋月さんの写真を見つけた。

彼女は小百合さんの専属マネージャーだが、アルテミスでの職位は常務取締役となっている。出身地や生年月日は不詳。

——へぇえ。秋月さんって、舞台に立ってたことがあるんだ……。

意外にも、秋月さんが華やかなステージに立っている画像もあった。十数年前まで関西の歌劇団に在籍していたようだ。そういう人ならタレントの気持ちもわかってくれそうな気もするのだが……。今はすっかり経営側の人なのかもしれない。

小百合さんを平手打ちした時の秋月さんの険しい顔を思い出した。


その日、氷室は午後になって出社した。私が出かける準備をしていた時だ。

「先生。今日はすみませんでした。昨夜診てもらったクリニックに紹介された大学病院で精密検査をしてもらってきました」

「で？」

山王丸はどうでもいいような顔をして、社交辞令的な口調で尋ねる。

「どうやら心因性ストレスではなく、スポーツ心臓のようなもので心配ないと」

「は？」

と、思わず声を上げてしまったのは山王丸ではなく、私だ。——今まで自分の心臓の不具合をさんざん私の言動のせいにしてきたくせに。

やはり、山王丸が紹介したという医者がやぶ医者だったのだ。いや、もしかしたら山王丸がその医者と手を組んで私たちをからかって遊んでいたのかもしれない。

が、山王丸は白々《しらじら》しくも、

「そうか。よかったじゃないか」

と、口角を持ちあげる。

「はい！　ありがとうございます」

山王丸のことを微塵も疑っていないのだろう、氷室は心底安心したように、珍しく頬をゆるめている。彼のような人間には、自分の理解を超え、理論的に説明できない事象は恐怖でしかないからだろう。

ところが、山王丸の前を離れて私と目が合った瞬間、彼はまた左胸を押さえ、「あれ？」と困惑するような顔をしている。

――だ・か・らぁ。

もういい。こんな人たち、相手にしていられない。

氷室の困惑顔も、山王丸の今にも吹き出しそうに歪んだ顔も無視して事務所を出た。

宝生小百合の住居は六本木にあるタワーマンションだった。

敷地の前には数台の車が停まっており、玄関あたりをウロウロしている記者らしき男の姿も見える。

――見張られてるのかな……。

人気女優にはプライバシーや自由がないんだな、と同情した。

私はこのマンションの住人のような顔をしてエントランスに足を踏み入れ、オートロックのインターホンに秋月マネージャーから教えられた部屋番号を入力。

『はい』

すぐにスピーカーから小さな声がした。

「こんにちは。山王丸事務所の篠原です」

私が名乗ると、小百合さんは無言でオートロックを解除した。秋月さんから連絡が入っていたようだ。

エレベーターホールからガラス越しに表のエントランスを見ると、パパラッチたちが物欲しそうな顔でこちらを見ていた。

難なくエレベーターに乗り、十五階で降りる。

ホテルのような敷き詰めカーペットの通路を歩き、小百合さんの部屋の玄関ベルを鳴らした。

内側からカチリ、とドアのロックを解除する音が聞こえる。

ドアを開けてくれた小百合さんはノーメイク、カラーゴムで髪をひとつにくくり、普通の高校生が着ているようなグレーのスエット姿。それでも一般人には見えない。スターのオーラが半端《はんぱ》ない。――スッピンでも超絶可愛いんですけど。

ところが、目の前の可憐な顔に険しい表情が浮かんだ。

「私、謝罪会見なんてやらないから。服を決める必要もないわ」

秋月さんから私の訪問の趣旨も伝えられているようだ。

「あ、いえ。本当は小百合さんとお話ししてみたくて来たんです」

「話？」

「はい。実は私も好きな人がいて……。けど、彼とは育った環境も考え方も全然違ってて、親に結婚を反対されてるんです」

それは他人に語れるような恋愛経験を持ち合わせていない私が、なんとか捻《ひね》り出した妄想の恋バナだ。

「そう……なんだ……」

しんみりとつぶやく小百合さんは、明らかに同情してくれている。その顔を見ると罪悪感で胸が痛んだ。が、とにかく今は心を開いてもらい、山王丸から任されたミッションを遂行しなければならない。

「いいわ。入って。私も外に出られなくて退屈してたとこだから」

小百合さんは小さく笑い、「そこのソファにでも座ってて」と、キッチンに立ってエスプレッソメーカーらしき機械でコーヒーをいれ始めた。香《かぐわ》しい空気がリビングにも漂い始める。

私は顎で指されたリビングの真っ白なソファに気後れしながらも腰を下ろす。このリビングだけで二十畳はありそうだ。そして家具は白で統一されていて、スタイリッシュ。

――六本木でこの広さ。ここの家賃、いくらなんだろ。

そんなことを考えながら、室内を見回す。

リビングに男性の気配は感じられなかった。

――つまり、ルシファーさんがここに来ることはないってことなのかな？

相手が女優だろうが一般人だろうが関係ない。そう言い放ったナンバーワンホストの顔が思い浮かぶ。

ふと、真っ白な壁やキャビネットの上に飾られている写真に目がいった。ほとんどが彼女自身のポートレートか風景写真だ。それらの中に数枚、秋月さんと一緒に写っているものがある。

「これ、海外ですか？」

自撮りした写真だろう。ヨーロッパらしき石畳の町。秋月さんと小百合さんは仲よく頬を寄せ合ってフレームに収まっている。まるで仲のいい姉妹みたいに。

私が興味深くふたりの写真を見ていると、小百合さんが急に打ち解けたトーンで喋ってきた。

「ああ。スペインよ。写真集の撮影で行ったの。すっごく楽しかった」

「へえ。秋月マネージャーと仲いいんですね」

「は？　いいわけないじゃん。この前、見たでしょ？」

先日の平手打ちのことを言っているのだろう。小百合さんがエスプレッソを運びながら、皮肉な笑みを浮かべる。

「秋月さんは会社での自分の立場が大事なのよ」

憎々しげな言い方に、なんと答えていいかわからない。ただ……。

「秋月さんは小百合さんのことが心配だからこの交際に反対してるんじゃないんですか？　そりゃ、事務所での立場もあるでしょうけど。小百合さんだって、事務所をクビになったり、莫大な違約金を払うことになったりしたら困るんじゃないですか」

「私はあの人と一緒にいられるなら、何を失ってもかまわないわ」

私の前にカップを置いた小百合さんが毅然と断言した。

向かいに座り、強い視線で私を見る素顔の美しさにドキリとする。

「でも……。調査してわかったことですけど……。ルシファーさんはあなたとは会ったこともないって言ってるんですよ？　そんな無責任なホストのこと、どうしてそこまで……」

残酷だとは思ったが、そう言わずにはいられなかった。目を覚ましてほしかったからだ。

「ルシファー？」

「え？　違うんですか？」

聞き返す私に、小百合さんは意味ありげに笑った。

「まぁ、いいわ。相手が誰であろうが、相手が私をどう思っていようが、私はただ好きな人と一緒にいたいだけ。その気持ちは変わらない。だから釈明も謝罪もしない。だって、私は悪いことなんて何もしてないから」

確かにそのとおりだ。ひとりの女性が恋愛したからって、どうして責められなければいけないんだろう。相手がホストだろうが誰だろうが小百合さんの自由だ。独身なんだから。

だけど……。

「謝罪はともかく、ファンに釈明もしないなんていうのは無責任じゃないですか？　写真、撮られちゃってるわけですし。小百合さんを応援してくれてるファンの気持ちはどうでもいいんですか？」

そう尋ねると、小百合さんはちょっと言葉に詰まった。

が、すぐに凛とした顔になって言葉を続ける。

「そういうところも含めて私なの。本当のファンならわかってくれると思う。私はこの想いを貫《つらぬ》きたいの。その代償が引退だっていうんならそれでもいい」

引退……。そこまでの決心に衝撃を受けた。

「でも……」

何も説明せずに、これまで築いてきた実績も才能も、何もかも捨てるなんて……。ファンはショックだろう。

けれど、小百合さんの思いつめた表情を見て、何も言えなくなった。

私は事務所に戻り、山王丸に現状を報告した。

「無理です。小百合さんを説得するのは」

罵られるのを覚悟で山王丸に事実を伝えた。

「まぁ、仕方あるまい」

いつになく山王丸は寛大だった。

「え？　仕方ない？　説得できなかったんですよ？　罵らないんですか？」

「小百合の説得が無理なら、他の方法を考えるまでだ」

そう言って起きあがった山王丸が腕組みをする。

「解《げ》せないのは、ルシファーの名前を出した時の小百合の反応だな」

「そうなんです。まるで自分が想ってる相手はルシーさんじゃない、みたいな感じだったんですよね……」

「確か、ルシファーも小百合には会ったことがない、と言ったんだったな？」

「はい。あの写真は自分じゃないと言いきってました」

「となると、あれは本当に別人なのかもしれんな。週刊誌の記事も、あれがルシファーだとは断定してない。つまり、確証がないということだ」

私は首を傾げた。

「けど、世間の人たちはルシーさんだと確信してますよね。ホストクラブで見たという証言もありましたし。いったいどうしてそんなことになったんでしょうか？」

「誰かがネットに『あれは絶対にルシファーだ』とか無責任に書きこんだのが拡散されて、それが事実として独り歩きを始めたんだろう。よくあることだ」

山王丸はよくあることとして片付けるが、私は納得できなかった。

「書きこむ方は顔が見えないからいいかもしれないけど、根も葉もないことを書かれる方はたまったもんじゃないですよ。他人のプライバシーをなんだと思ってるんでしょうか」

「結局、そういう無責任な人間に限って、無責任なネット情報に翻弄《ほんろう》されるものだ。SNSの世界にのめりこんで、やりすぎて警察沙汰《ざた》になることもある。自業自得だ」

と、山王丸が冷笑した。

「小百合さんはプロダクションを退社して、違約金を払ってでもこの恋を諦めない、の一点張りでした。相手のことも口外せずに守り通すつもりなんだと思います」

山王丸が考えこむように目をつぶった。

「だが、小百合の言っていることは別の意味で正しい」

「は？　どういうことですか？」

「相手が誰であろうが関係ない。誰でもいいから、酔っぱらった彼女をラブホに連れこんだと証言してくれる汚れ役が必要だ。小百合の清純なイメージを保つためにはな」

「汚れ役……ですか……」

おうむ返しにつぶやいてみるが、そんな役回り、やってくれる人がいるんだろうか？

「小百合が謝罪する気がないというのなら、相手を仕立ててあげてでも、証言してもらうしかない。自分がホテルに連れこんだが逃げられた、と」

「国民的清純派女優を酔わせてラブホテルに連れこんだなんて証言したら、ファンに何をされるかわからないですよ。そんな汚れ役、誰もやってくれませんよ」

「幸い、世間は写真の男はルシファーだと思いこんでいる」

「まさか……」

嫌な予感がした。

「このままルシファーが小百合をたぶらかした男を演じてくれればいいのだがな」

「は？　ルシーさんは記事のせいで開店休業中だって嘆いてるんですよ？　さらに印象が悪くなるような役回りをやってくれるわけないじゃないですか」

「あの男は世界の恋人なんだろ？　おまえもルシファーの恋人になってお願いを聞いてもらえばいい」

山王丸は簡単に言った。

「………」

嫌な予感は的中した。

確かにルシファーにとって客は皆、恋人なのかもしれない。だから、指名を続ければ他の客と同様に恋人にはなれるだろう。だが、いったい、どれぐらい貢げば、ホストとして致命的としか思えない役割をやってもらえるほどの太客《ふときゃく》……いや、溺愛《できあい》される恋人になれるのだろうか……。

「ブラックカードで一億ぐらい使っていいですか？」

「コンサル料より貢いでどうする」

太客大作戦は一蹴された。

それから数日間は無理ゲー攻略方法を考えあぐね、なかなかルシファーに会いに行く決心がつかなかった。

そうしている間にも小百合さんの評判はどんどん悪くなっていった。

ＳＮＳでは聖女の顔をしたホス狂い、と呼ばれ、すべてのＣＭ契約を打ちきられるという噂が立ち始めている。

――これ以上、この炎上を放置したら……。

不安に駆られ、私はついにルシファーに会いに行く決心をした。

前回もらった名刺のナンバーに電話をかけると、『おお。執事同伴のプリンセスだね？　元気だった？　連絡もらえるのを首を長くして待ってたよ』と声を弾ませる。聞いているだけで楽しい気分にさせられるようなテンションだ。

「じ、実は相談があるというか、頼みがあるというか……」

『わかった。店で聞くからおいでよ。今日も暇してるからさ』

「そ、それはちょっと……。今日はお酒を飲む気分じゃなくて。ど、どこか別のところで……」

『今、出歩くのは難しいんだ。じゃ、店で待ってるからね、八王子のプリンセス』

「ちょ、ちょっと……」

店以外の場所で会いたかったのだが、電話を切られてしまった。

私の声を聞いていたのかいなかったのか、ソファの上で目をつぶっている山王丸に報告した。

「魔王に行ってきます。行って、汚れ役のことを頼んでみます」

するとそれまで黙ってキーボードを叩き続けていた氷室さんが、

「僕も行きます」

と当然のように立ちあがる。

「遠慮しておきます。氷室さんが来たらきっと今回もグダグダになります」

氷室がハッとした顔をして力なく椅子に腰を落とす。前回の失態を思い出したようだ。

山王丸がだるそうに立ちあがった。

「わかった。今回は俺が同行しよう」

「へ？　先生がホストクラブに？」

心強いような怖いような複雑な気分だ。

4

夜、今度は山王丸を同伴して歌舞伎町へ向かった。

山王丸はいつも会見の時に着用しているダークスーツに、夜であるにもかかわらず目許を隠すサングラス。ミカジメ料を徴収して歩くその筋の人にしか見えない。

「あれぇ？　光希ちゃん。今日の執事は強面なんだね」

入り口で出迎えてくれたルシファーが、氷室の妄想設定を冗談なのか本気なのかわからない口調で言う。

そして、相談がある、と伝えておいたせいか、私たちを前回と同じ薄いカーテンに包まれた個室へと案内する。カウンターにもたれている魔夜代表は、今夜も苦々しそうな表情でこちらを見ていた。

「あ、この人は執事じゃなくて、私の上司で山王丸って言います」

ソファに座るのと同時に山王丸を紹介すると、ルシファーは、

「ああ、光希ちゃんはお嬢様っていう身分を隠して公認会計士事務所で働いてるんだっけ?」

と、思い出したように笑う。

ソファに腰を下ろした山王丸も唇の両端を引くように微笑んだ。

「執事とお嬢様の設定はいったん、忘れてください。私たちは謝罪コンサルの人間です」

平然と暴露する山王丸に、ルシファーは驚いたような顔をした。

「謝罪コンサル? あ、それ聞いたことあるわ。新宿に凄腕の炎上クローザーがいるって話。興味なかったし、ただの都市伝説だと思ってたけど、ほんとに実在したんだ……」

「そうなんです。この人がその炎上クローザーの元締めです」

山王丸が真顔のまま小さく顎を引くようにして「よろしく」と会釈をする。

「で、俺に頼みというのは？」

「実は……」

私は週刊誌に掲載されたスキャンダルのせいで小百合さんが窮地にいることを説明した。そして、彼女が世間に釈明をしないまま純愛を貫こうとしていることを。

「へえ。で？」

と、反応が薄いこの状況でかなり言いにくいことだが、私は思いきって頼んだ。

「ルシーさんに世間の敵になってほしいんです」

「世間の敵？」

整った顔にポカンとした表情が浮かぶ。

「あの週刊誌の写真がルシーさんじゃないってことはなんとなくわかりました。けど、小学生の頃から事務所に大切に守られてきた世間知らずの小百合さんをホテルに連れこもうとした悪者ホストの役を演じてほしいんです」

「は？　なんで俺が？　会ったこともない女優のために？」

「小百合さんのイメージを守るためです」

「それって、俺に何のメリットがあるわけ？　デメリットしかないような気がするんだけど」

おっしゃるとおりだ。

それまで黙っていた山王丸が、水割りの置かれているテーブルに身を乗り出した。

「ルシファー。あんた、このまま雇われホストで満足なのか？　アルテミスが経営者としてのあんたをバックアップすると言ったら？」

つまり小百合さんの窮地を救ってもらう代わりに、ルシファーが店を出すための資金をアルテミスが提供するという意味なのだろう。

――アルテミスはそこまでして小百合さんのイメージを守ろうとしてるんだな……。

だが、ルシファーは首を横に振り、

「俺が自分の店を出す時は誰の力も借りねーよ。他人の金でリスクのない水商売をやろうなんて甘いヤツはどうせ失敗する」

と吐き捨てるように言って席を立ってしまった。意外と筋が通った人なんだな、と感心してしまった。

歩き去ろうとする背中に山王丸が声を投げかけた。

「しかし、このままではホストを続けることすら危ういんじゃないか？」

ルシファーはチッと忌々しげに舌打ちを残して去っていく。その横顔が、やっぱり誰かに似ている気がした。

――あれ？　誰だっけ？　最近、見た……写真？　嘘……。まさかそんなことって……。

ひとつの直感が頭の中に閃いた。

けれど、それはあまりにも荒唐無稽《こうとうむけい》なことに思え、隣に座っている山王丸に言うことができなかった。

結局、ルシファーの説得は不調に終わった。

「やっぱりダメでしたね」

事務所に戻るタクシーの中、そう言ってみたが、山王丸は大して失望している様子もない。

――てか、この人、何しに来たんだろ。ルシーさんを説得するどころか、アルテミスが独立をバックアップするという話を持ち出して彼のプライドを傷つけ、気を悪くさせてしまった。もう汚れ役の話を持ち出すのは不可能だろう。

「だが、収穫はあった」

バックシートに背中をもたせかけている山王丸がポツリと言う。

「え？　ありました？」

いったいどこに収穫が？　小麦一粒すら拾えなかったような気がするのだが。

「ルシファーという男が金で動かないことはわかった」

だから？　と言いたかったがグッとこらえた。今さら何を言っても仕方ない。

思わず溜め息が出た。

「こんなにこじれてしまっては、もう炎上を止めるのは無理じゃないでしょうか?」

弱気になる私の言葉を、「そうだな」とあっさり肯定した山王丸が車を停めさせた。気づけば事務所の近くだ。

「このまま自宅まで乗ってっていいぞ。カードで払っとけ」

この時間に事務所に戻ってまだ仕事だろうか? それともあそこに住んでいるのだろうか。考えてみれば私は山王丸のプライベートを全く知らない。母親が元会計士でこの事務所の創設者であるということ以外は……。

——いや、興味ないし。

何も考えないようにして自宅に戻る途中、前方に小百合さんのマンションが見えてきた。彼女の一途な瞳が思い出される。

時計を見れば午後十時。それなのに、後部座席から身を乗り出し、

「運転手さん、すみません! ちょっとここで停めてください」

と頼んでしまった。

さすがにアポなしで訪問するわけにもいかず、後部座席に座ったまま小百合さんに電話をかけた。

「篠原です。こんな遅い時間にごめんなさい。もう一回だけ会ってお話がしたくて」

『いいけど……。何度話しても私の気持ちは変わらないよ？』

そう言いながらも面談に応じてくれたので、運賃をカードで支払ってタクシーを降りた。

小百合さんはこの前来た時と同じように、香りのいいエスプレッソをいれてくれた。

「今日、魔王のルシファーさんに会ってきたんです」

「へぇ。そうなんだ」

全く興味なさそうに小百合さんが言う。

「やっぱり、あの写真、ルシファーさんじゃないんですね？」

「どうかしら」

はぐらかすように言いながらも、小百合さんは一緒に写真を撮られた人物が誰なのか言う気配はない。

「あの写真の相手がルシファーさんじゃないって公に口にしないのは、あなたが本当に好きな人に迷惑をかけたくないからですよね？　けど、このまま黙ってるってことは会ったこともないルシファーさんを犠牲にするってことですよ？」

「それは……悪いと思ってるけど……。否定するとメディアは必ず相手探しを始めてしまうから……」

そうなることは火を見るより明らかだ。

「私も色々考えました。あなたがそこまでして守りたい相手は誰だろう、って。けど、ひとり娘として両親に大切に育てられ、小学生の時から事務所に純粋無垢《むく》のまま守られてきたあなたの周囲にそんな男の人は見当たらなかった。共演者にもそれらしき人はいなかったし」

私はキャビネットの上に置かれたひとつの写真立てを手にとった。小百合さんと秋月さんがサグラダファミリアの前で頰を寄せ合って笑っている写真だ。

「秋月さんって、十数年前まで歌劇団の男役だったんですよね？　ネットで知りました。当時の写真はショートカットで、同性である私の目から見ても、うっとりするぐらいカッコよかった。今でもあのロングヘアをキャップに収めれば、長身でスレンダーな彼女は男性に見えないことはない……」

小百合さんがドキリとしたように私を見る。

その反応を見て確信した。

「あなたがラブホテルに連れこんだ相手は秋月マネージャーだったんですね」

初めて小百合さんが狼狽《うろた》える様子を見せた。

「違う！　いいえ、違わない……けど……お願い！　誰にも言わないで！　私、秋月さんに迷惑をかけたくないの！」

同性愛を認めた小百合さんが私の手を握り、嘆願する。アルテミスの幹部である秋月さんが看板女優に手を出したことが発覚したら責任問題に発展するだろう。

そして、国民的清純派女優である小百合さんが性的マイノリティであることが知られたら、世間の目はその演技力とは違う部分にフォーカスしてしまうかもしれない。

「私はいいの。けど、秋月さんが世間にさらされるのは耐えられない！」

小百合さんは髪を振り乱し、私の肩を摑んできた。殺気すら感じる。

「い、言いません。言いませんけど、少しはルシファーさんのことも考えてあげてください。それからあなたを応援してるファンのことも」

「…………」

小百合さんは項垂《うなだ》れ、カーペットの上に膝から崩れた。

「ごめんなさい……。私、写真を撮られてから、自分のことしか考えられなくて。それに、あれから秋月さんはずっと私によそよそしくて、寂しくて悲しくて怖くて……。ごめんなさい……ごめんなさい……」

小百合さんがつぶやくように不安な心情を吐露する。

秋月さんの立場は守りたい。けど、別れるなんてできない、というふたつの感情の間で小百合さんは揺れ、苦しんでいたのだ。

毅然としているように見えても本当に心細かったのだろう。

「私、ルシファーさんにちゃんと謝ります」

そう言って涙ぐんだ小百合さんは、私が見ている前でルシファーに電話をかけた。

「今回はご迷惑をおかけして、本当に申し訳ありませんでした」

その声は緊張からか震えていた。

事前にSNSでメッセージは送っておいたせいか、ルシファーは小百合さんからの電話に驚く様子もなく、『わかった』とだけ答えたという。

小百合さんはホッとした様子だった。

「私、ファンの人たちにも謝るわ」

「え？　ファンの人たちにも？」

ルシファーに許してもらえたことでエンジンがかかったみたいに小百合さんはあれほど頑なに拒《こば》んでいた謝罪会見をすると言い出した。

「会見を開いてあれが別人だってこと話します。ファンの人たちが許してくれるかどうかはわからないけど、私には心から愛してる人がいることも打ち明けたい。秋月さんには迷惑かけられないから、相手が誰であるかは言えないけど……」

嘘は言ってない。けれど、交際相手の素性すら明かせない謝罪会見は受け入れられるのだろうか。

——小百合さんの熱愛相手探しを煽《あお》ってしまうかもしれない。

会見をして釈明すべきだと思っていた私だが、急に不安になってきた。

「ちょ、ちょっと上司に相談してもいいですか？」

この期に及んで謝罪会見の話をいったん保留にして持ち帰った。

翌日。私は小百合さんの気持ちを山王丸に伝えた。

山王丸は珍しく、起きあがって新聞を読んでいる。

「本人は会見に前向きなんですけど……。なんだか、小百合さんは自分の気持ちを理解してほしいっていう勢いだけで決心してるように見えて不安です」

私自身は会見を行うべきかまだ迷っていた。

そんな私に山王丸が、

「おまえはゾウリムシか？」

と言い放った。

「は？　ゾウリムシ？」

「光がある方向へ右往左往する単細胞生物だ」

「ゾ、ゾウリムシぐらい知ってます！」

言い返すと、山王丸は見下すような顔をして続けた。

「惑わされるな。おまえの仕事はなんだ。謝罪コンサルが謝罪会見を躊躇《ちゅうちょ》してどうする。しかも、本人がやると言っているのに」

「それはそうですが……。これまで沈黙を貫いてた女優がCMやドラマ出演を降板させられそうになったタイミングで会見するというのは印象がよくないと思います。しかも、自分の恋愛を肯定するなんて。ファンから同情されない上に相手探しが始まることは必至です」

「宝生小百合が腹をくくったんだ。いい会見にしてやれ」

そう言って新聞を畳んだ山王丸はいつものようにゴロンとソファに横になった。

——は？　また丸投げ？

結局、私が仕切ることになった会見は一週間後、翌週の水曜日に決まった。

5

会見当日、私は予定より早くアパートを出て、記者会見の会場となる一流ホテルの控室に向かった。緊張して昨夜はなかなか寝つけず、朝は朝で早く目が覚めてしまったのだ。

小百合さんが会見をすると言い出してからの一週間、みっちりと打ち合わせを重ねた。

小百合さんの「謝罪会見にはしたくない、ファンに正直な気持ちを伝える場にしたい」という強い要望があり、会見の筋書と着地点はなかなか見えてこなかった。

——小百合さんの一途な想いを世間は受け入れてくれるのだろうか？

なんといっても、相手の素性は明かせない、というのが難点だ。それではファンに対する説明責任を果たせていない、とか、中途半端な会見だった、とか言われても仕方ないような気もする。

不安は他にもあった。

秋月さんが、通りすがりの男にたぶらかされてホテルに連れこまれた被害者を演じて清純派イメージを維持する、という嘘のシナリオにまだ固執していることだ。コンサル料を払うのはプロダクションであり、請け負ったコンサルとしては、その路線で会見の準備を進めざるを得ない。

小百合さんは頑なな眼差しで「ファンの皆さんに心配かけたことを謝れたらそれでいい」としか言わなかった。

が、もし小百合さんが土壇場で事務所の意向を無視するような会見を行って失敗すれば、彼女とプロダクションの関係は壊滅的にこじれるだろう。万一、そんなことになったら、小百合さんはプロとしての信用を失い、業界から干されるに違いない。

そして、炎上クローザー、山王丸の顔にも泥を塗ることになる。

――本当に大丈夫かな……。けど、これは小百合さんと秋月さんの問題だ。あとは見守ることしかできない。

不安を振り払い、エレベーターに乗って控室のある二階に上がる。

私がドアを開けると、小百合さんは客室の鏡の前でヘアメイクの女性に髪の毛をゆるく巻いてもらっていた。彼女は「おはようございます」と鏡越しに私に挨拶した。その顔はどこかさっぱりしているように見える。

彼女はヘアメイクさんに向かって「もう、いいわ。ありがとう」と言って退室させ、自分で睫毛の端にマスカラを足し始めた。

秋月さんが小百合さんの傍にいない。

——やはり、距離を置こうとしているのだろう。

秋月さんが会社側についてしまったら、小百合さんは孤立無援だ。

「そんな顔しなくても大丈夫よ。私は自分の気持ちをちゃんと伝えられたら、それで満足なんだから。応援してくれるファンの人たちと、あの人に」

私の不安が伝わってしまったのか、情けないことに励《はげ》まされてしまった。

「すみません。一生懸命サポートしますので、よろしくお願いします」

小百合さんは鏡越しにニッコリ笑って立ちあがった。

「行きましょ」

シンプルな純白のワンピースは、透明感のある彼女によく似合っている。

背筋を伸ばして通路を歩いてきた小百合さんの足がエレベーターホールの前で止まった。こちらに背を向け、スマホを耳に当てているすらりとした立ち姿。

――秋月マネージャー……。

小百合さんのことを心配してここまで様子を見に来たのかもしれないが、彼女のことに気づかないほど熱心に誰かと話しこんでいる。

はっきりとは聞きとれなかったが「お願い」とか「恩に着ます」というようなワードが聞きとれた。

小百合さんは心底失望したような表情をして、エレベーターに乗りこみながら、

「どうせプロダクションの関係先やらＣＭスポンサーに根回ししてるのよ」

と、吐き捨てるように言った。

「だとしても、それはきっと小百合さんの女優としての立場を守るためだと思います」

そう言ってなだめながらも、小百合さんがそんなことを望んでいないことはわかっている。小百合さんはプロダクションの看板女優としてではなく、ひとりの女性として秋月さんに愛されたいだけなのだ。

私より先に控室を出た小百合さんは、堂々と会見場である大ホールに足を踏み入れた。

想像以上の数の記者が集まり、大きなホールが一杯になっている。

前列中ほどに関係者席があり、後から入って来た秋月さんがそこに腰を下ろした。その顔に表情はない。

小百合さんの後からホールに入った私は、フロアから一段ほど高くなっている学校の教

壇のような低いステージに上がり、スタンドにセットされているマイクを手にとった。

「それでは、これより宝生小百合によります記者会見を始めさせていただきます」

そう宣言した直後、すぐに手が上がり、今回のスキャンダルをスクープした写真週刊誌の記者が質問した。

「宝生さんのお話をお聞きする前にまず確認ですが、あなたと一緒に写ってる男性は歌舞伎町のホストクラブ、魔王のルシファーさんで間違いないでしょうか？」

つまり、写真を撮った記者自身も、小百合さんと一緒にホテルに入っていったのが誰なのか特定できていないということだ。

「違います」

小百合さんは私の横からマイクの前に出て、はっきりと否定した。

その一言で場内がざわついた。

「それは彼を庇うためにそう言ってるんですよね？」

同じ記者が問い詰める。

「いいえ。本当に違うから、違うと言ったんです」

「じゃあ、誰なんですか？　この人は？」

「それは……」

小百合さんが返答に詰まる。

――いきなりこの質問から始まるとは……。まぁ、想定内ではあるけれども。

理想を言えば、会見の冒頭で小百合さんが一途な想いを訴え、女優もひとりの女性なのだということに共感してもらいたかった。

小百合さんは秋月さんを見つめたまま沈黙してしまった。

秋月さんも黙って小百合さんを見ている。けれど、その表情は冷たかった。

――ど、どうしよ……。

一緒にホテルに入った相手に焦点が当たってしまっている状況で、どんなに純愛を訴えても、誠実な会見とは受けとられないだろう。

「おい。ルシファーがインタビューに答えてるぞ?」

会場の中ほどで誰かが声を上げた。

「ルシファーが?」

「ずっとノーコメントだったのに、この期に及んで何を喋ってるんだ?」

思わぬ情報が飛びこんできて場内が騒々しくなり、会見が中断してしまった。記者たちは各々スマホやPCをとり出し、ニュースを検索し始める。

私も急いでポケットからスマホを引っ張り出し、小百合さんと一緒にひとつの画面に視線を落とした。

「これみたいですね」

トップニュースのひとつに《話題のホスト、ルシファーを自宅前で直撃！　宝生小百合との関係は？》とある。クリックしてみると、動画の右上にＬＩＶＥの文字。

『ルシファーさん！　すみません！　ちょっといいですか⁉』

ハンドマイクを向けるという古典的なスタイルで突撃していくチョビ髭レポーターの横顔が見えた。

――は？　北条さん？

たぶん、山王丸の指示による突撃インタビューなのだろう。

『ルシファーさん！　宝生小百合さんとのこと、聞かせてください！』

ルシファーが金髪をなびかせ、北条を一瞥して薄く笑った。

『小百合？　小百合って誰だっけ？』

『とぼけないでくださいよ。一緒にラブホに入る写真を撮られた、あの宝生小百合さんですよ！』

『ああ。あの女優か』

ルシファーさんは本当に忘れていたかのように微笑む。

『だいぶ酔っぱらってたから、ホテルで介抱してあげようかな、って思ったんだけど、俺がシャワー浴びてる隙に部屋から消えちゃって。なのに、写真はしっかり撮られてたみたいで、こんな騒ぎになって、商売あがったりだよ』

『それは宝生小百合があなたにとって特別な存在ではないという意味ですか？』

『当たり前だろ。俺にとっては相手が女優だろうがモデルだろうが関係ない。俺は、俺を愛してくれるすべての女性を愛してるんだよ』

と、前髪を掻きあげたルシファーは颯爽《さっそう》とオープンカーに乗りこんだ。そして、カメラに向かって『みんな〜。魔王で待ってるからな〜』と投げキッスをし、ハンドルを握って走り去った。

――ど、どゆこと？　これって、私がこの前、断られた汚れ役ってヤツなのでは？

お金で動かないルシファーがなぜ急にやる気になったのか想像もつかない。

私と小百合さんは同時に首を傾げ、顔を見合わせた。

理由はわからないが、ルシファーがアルテミスの筋書どおりの汚れ役を演じてくれた。

これに乗っからない手はないような気がする。

小百合さんがスマホをのぞきこんでいるのを見た記者が質問した。

「小百合さん。ルシファー氏はあなたのことを大勢いる客の中のひとりとしか思っていないようですが、これについてはどう思われます？」

詳しい事情はわからないが、せっかくルシファーが悪者になってくれたのだ。このまま連れこまれたという路線にシフトすることもできる。

「小百合さん、どうしますか？」

迷っているように見える小百合さんに小声で尋ねた。このままルシファーを悪者にすれば、彼女に同情が集まり、事務所との関係は保たれるだろう。

その時、不意に『宝生小百合が腹をくったんだ。いい会見にしてやれ』という山王丸の声が鼓膜に甦った。

「小百合さん。小百合さんが後悔しない会見にしましょう」

私が彼女の目をじっと見て小声でそう伝えると、彼女は小さくうなずいた。そして毅然とした顔でマイクを握った。

「私は一度好きになった人をそう簡単には諦められません。いつかきっと振り向いてくれると信じて想い続けます」

その言葉はルシファーに対して投げかけられているように聞こえるが、彼女の瞳は真っすぐに秋月さんに向けられている。

「そんな純愛、ホストには通用しないでしょう?」

小百合さんが想いを寄せている相手をルシファーだと思いこんでいるのだろう。ひとりの記者が意地悪く尋ねる。

——あれ？　質問してるあのチョビ髭は北条さん？

さっきまでルシファーを直撃していた北条が、もう会場の最前列にいる。

——双子なの？　それともテレポーテーションなの？

と思うぐらいのフットワークの軽さだ。

首を傾げる私の横で小百合さんが答えた。

「相手の立場は尊重します。けど、私は好きなんです。誰もその気持ちを変えることはできません」

それが私には自分の気持ちを抑えつけようとする会社と、お互いの将来のために距離を置こうとしている秋月さんへの抗議であるように聞こえた。

「相手はあなたのことをないがしろにしたんですよ？　それでもいいんですか？」

北条さんが嫌な質問を重ねる。たぶん、小百合さんの素直な気持ちを引き出すために。

「私は自分が愛した人を信じます」

小百合さんは潔く、そう言いきった。

「ファンや関係者の皆さんに謝罪しないんですか？」

別の記者が追い込んでくる。

「私はひとりの人を愛しただけです。謝らなきゃならないような悪いことをしたんでしょうか？」

逆に聞き返され、記者が黙りこむ。

会場もシンと静まり返っていた。小百合さんの破滅的とも思える一途な愛の前に、誰も何も言えなくなったかのようだ。

やがて小百合さんが静かに語り始めた。

「初恋だったんです……。どうしようもなく好きなんです……。自分はどうなってもかまわないと思うほど好きなんです……」

やはり、小百合さんの大きな瞳は真っすぐに秋月さんを見つめている。その瞳から零《こぼ》れ出した涙が彼女の頬を滑った。

その切ない表情を捉《とら》えようとするみたいに、一斉にフラッシュが焚《た》かれる。

「私は自分の気持ちに正直に生きていきたい。たとえ報《むく》われなくても」

私は小百合さんの純愛に打ちのめされたような気分だった。

純粋な気持ちを貫こうとする小百合さんが眩しい。

ふと、秋月さんに目をやると、彼女はスッとサングラスをかけた。が、黒いレンズで覆い隠される直前に一瞬見えたその瞳は涙で光っていた。

その後も小百合さんの恋愛観や今後に関する質問がいくつか出た。が、心なしか記者たちの声がトーンダウンしているような気がした。

とは言え、ここにいる記者たちが小百合さんに対して好意的な記事を書いてくれるとは限らない。この会見を見た世間の人たちがどんな感想を持つのかもわからない。

その時、インカムのイヤホンから、山王丸の『撤収しろ』という声が聞こえた。

「では、これにて会見を終了させていただきます」

私がさりげなく締めくくろうとすると、小百合さんの涙に見惚れていた記者がハッと我に返ったような顔になる。

「え？　もう？　ちょっと待ってください」

「すみません。宝生さんはこの後、仕事が入っていまして」

そう言いながら、小百合さんを促し、会場を後にした。

控室に戻るエレベーターに乗りこんだ瞬間、小百合さんの口からホッと安堵の息が洩れるのが聞こえた。

「篠原さん、ありがとうございました。どんな結果になっても私はこれで満足です」

「いえ。私、何もできなくて……」

その時、ふと気づいた。謝罪会見をやるとリリースしておきながら、小百合さんが一言も謝っていないことに。ルシファーの直撃インタビューもあり、謝罪会見としてはグダグダだったが、ファンに『心から愛している人がいる』と伝えたいという小百合さんの希望は叶《かな》えられた。

小百合さんは満足してくれたけれど、これでよかったのかどうかはわからなかった。

会見後、記者たちが居なくなるのを待ってから、小百合さんを従業員用の通用口に横付けさせたタクシーで逃がし、私は事務所に戻った。

「先生、すみませんでした」

すぐにソファのところへ行き、頭を下げた。すると、山王丸は「何の話だ？」と眠そうに目をこする。

「アルテミスには被害者路線の会見でいくと言っておきながら、どうしても小百合さんの後悔しない会見にしてあげたいと思ってしまって……。けど、謝罪しない謝罪会見なんてありえないですよね？」

山王丸が伸びをしながら起きあがり、

「なんだ、ネットを見てないのか」

と尋ねる。

「え？　ネットですか？」

事務所に戻る途中も、頭の中で自己批判ばかりしていてそんな余裕はなかった。

急いでハッシュタグ宝生小百合で検索する。

《小百合ちゃん。あんなチャラ男に弄《もてあそ》ばれて可哀《かわい》そう。でも、真っすぐで、潔くて好きになった。あんな恋、したいな》

《宝生小百合さんみたいな人にあんなに思われたら最高だと思います。ルシファー、早く目を覚ませ。小百合さんは最高の女性だぞ》

《小百合さんのことを応援します。芸能界しか知らない彼女の初恋なら仕方ない。彼女の

涙にグッときました。誰のことを好きになってもずっとファンです》

《小百合ちゃんも普通の女の子なんですね。別世界の人みたいなイメージだったけど、好感が持てました》

ネットは小百合さんの純愛を応援するメッセージで溢れていた。

「嘘……」

けれど、これはルシファーが汚れ役をやってくれたおかげだ。さすがに熱愛の相手が誰だかわからない状態では、記者もファンも納得しなかっただろう。

――相手がルシファーだからこそ、報われない恋に胸を焦がしているという小百合さんへの憐《あわ》れみが生まれたのだ。

「ルシファーを説得したのは先生ですよね？　お金で動かない彼をなんて言って説得したんですか？」

山王丸がフフンと含みのある笑みを浮かべた。

「魔王のルシファーが健在だってことを見せつけられるインタビューを受けてみないか、と誘ってみたら乗ってきた」

「健在アピール……」

あのインタビューで、死亡説まで出ていたというルシファーの復活と健在ぶりをアピールできたわけだ。しかも、人気女優をも骨抜きにしたホスト、という武勇伝つきで。

「けど、それだけの理由で？」
「昨夜の時点でははっきりした答えをもらえなかったんだが、なぜか宝生小百合の会見直前になって急に了承した」
山王丸も少し不思議そうな顔だ。
「まあ、何にしてもルシファーにとっても悪い結果ではなかったようだ」
検索してみると、意外なことにルシファーの好感度も上がっている。
《女優も一般人も同じ扱い。ルシファー様、最高。崇拝してます》
《さすが世界の恋人、オレ様ルシファー。人気女優さえも虜《とりこ》にする魅力。久しぶりに魔王に行きたくなっちゃった》
中には、
《あの写真はどう見ても宝生小百合の方が積極的にルシファーをホテルに誘ってるように見えます。ルシファーが小百合の女優人生を守るために悪役を買ってでたのでは？》
という鋭い指摘もあった。
「ふたりの好感度が上がってる……。こんなことってあるんだ……」
山王丸がニッと唇の両端を持ちあげた。
「俺はルシファーを使って小百合を悲劇のヒロインにすることしか考えていなかったが、おまえはあの状況で小百合の気持ちを尊重し、清純派女優の演技力を最大限引き出した。

いい仕事だ」

「え？　演技？」

あの涙は本物だよね？　演技なんかじゃない……よね？

「宝生小百合は女優だぞ？　知らず知らずにでも、見る者の気持ちを揺さぶるのに最も効果的な表情を作り、絶妙なタイミングで涙を流すことができる生き物だ」

「そう言われてみれば、泣き顔が美しすぎた気もする……」

なんだか微妙な気分だ。

「いいじゃないか。根も葉もないデマを拡散したり、無責任な報道を鵜呑みにしてバッシングしたりする世間に比べれば、無意識のうちの演技で見る者を引きこむなんて可愛いもんだ」

山王丸が流されやすい世論を嘲笑《ちょうしょう》する。

「それで、アルテミスからは何か反応あったんですか？」

「ああ。さっき秋月女史から連絡があった。宝生小百合を解雇しろと息巻いていたアルテミスの会長が、あの会見を見て前言を撤回したそうだ。小百合の女優としての才能と将来性が惜しくなったんだろう。もしＣＭが打ちきられた場合でも、違約金はプロダクションが払うと確約したそうだ」

つまり、アルテミスは小百合さんの起こした恋愛騒動を不問としたのだ。

――やった！　小百合さん、女優を続けることができるんだ！

またスクリーンの中で彼女に会えるのが楽しみだった。

6

それから数日が過ぎた土曜日、小百合さんからメッセージが届いた。

《篠原さん。お元気ですか？　その節は色々お世話になりました。突然ですが、私は事務所の意向で、一年間、アメリカへ語学留学することになりました。親身になってくださった篠原さんにお礼もできないままで心苦しいのですが、明日の十二時の便でニューヨークに出発します。帰国したら、一緒にお食事にでも行きましょうね》

スキャンダルの後、ほとぼりが冷めるまでタレントの露出を控えるのは芸能界の常套《じょうとう》手段だ。

小百合さんから連絡をもらった私は翌日の日曜日、彼女の旅立ちを見送るために空港に駆けつけた。彼女の門出を祝福したかったからだ。

荷物にならない程度のプレゼントがいいと思い、銀座のデパートで選んだ可愛いブランドもののハンカチを小さな紙袋に入れて携え、搭乗案内の声が響くロビーに小百合さんの姿を探した。

ふと、エスカレーターの陰に隠れるように長身の男女が立ち話をしている。

──あれ？　秋月マネージャーだ。小百合さんの見送りに？

長身の彼女はレザーコートにジーンズ。ロングヘアを革のキャップの中にまとめていて、歌劇団の男役だった時代を髣髴《ほうふつ》とさせる。そして、もうひとりは……。

──ルシーさん⁉

ふたりは親しげに笑い合った後、そこを離れた。別れ際、ルシファーが秋月さんに、

「じゃあな、姉貴。気をつけて行けよ」と言った。

──姉貴？

すぐにはルシファーの言った『姉貴』の意味する事実がピンとこなかった。

が、やがてプカプカと仮定がいくつも浮かんできて、点と点が線で結ばれ始める。

もし、秋月さんとルシファーが親の借金のせいで過去に離散した姉弟だとすれば……。

会見を行ったホテルのエレベーターホールで秋月さんが電話をかけ、何かを哀願《あいがん》していた相手がルシファーだったとすれば……。もし、それが小百合さんのために汚れ役をやってほしいという依頼だったとすれば……。

山王丸の話に乗るかどうか迷っていたルシファーへの最後のひと押しになった可能性は高い。

その時、遠くから弾むような声がした。

「秋月さーん！」

小百合さんが嬉《うれ》しそうにスーツケースを引っ張りながら走ってくる。彼女は秋月さんに駆け寄り、その勢いのまま抱きついた。

「やめなさい。こんなところで」

秋月さんが叱責し、小百合さんの腕を振りほどく。それでも小百合さんは満面の笑みだ。

「ごめんなさい。でも、嬉しくって」

「もっと自覚を持ちなさい。あなたは今でもアルテミスの看板女優で、ここはまだ日本なのよ」

窘《たしな》める秋月さんの足許にもスーツケースが置かれているのに気づいた。

――え？　一緒にニューヨークに行くの？　ふたりきりで？

傍目《はため》には渡米する女優に付き添うマネージャーなのだが、ふたりの関係を知っている私はドキリとした。

見てはいけないものを見てしまった気がして、声をかけづらくなり、柱の陰に隠れる。

チェックインカウンターで荷物を預けたふたりが保安検査場の方へと向かった。小百合さんが秋月さんの手を引っ張るようにして歩いている。

――この場面、どこかで見たような……。

そう！　小百合さんがほっそりとした人物の手を引いてラブホテルに入っていく、あのスクープ写真そのものだ。

ふと気づけば、ふたりの手は指と指をからめ合う、いわゆる恋人つなぎになっている。

——これは留学なんかじゃなくて、ハネムーンなんだ……。

私は心の中で、お幸せに、と祈りながらふたりの背中を見送った。

第3章　パワハラの代償

1

それからしばらくは謝罪の依頼はなく、書庫の中もだいぶ片付いた。

ここへ入るのも、あと数日のことだろう。

書庫に入るとどうしても、山王丸の母親らしき会計士の記事が載っている写真週刊誌に目が行く。

——いや、山王丸のプライベートなんて知りたくもない。

雑誌から意識を逸らし、片付けにとりかかる。

「あとは大量の郵便物だけか」

どっこいしょ、と封筒や葉書が詰めこまれた段ボール箱のひとつをパイプ椅子の前に置き、中の書類を要るものと要らないものに仕分ける。

「ほとんどが光熱費と水道代の請求書……うん？　この封筒は何？　……月の里？」

それは介護施設から送られてきた請求書の束だった。宛名《あてな》は山王丸寛。一番新しいものは先月の利用料通知だ。

――どうしてこんなものが……。山王丸の身内に介護の必要な人が？

プライバシーの侵害に当たるかも、と思いながらも好奇心を抑えられず、封筒から書類をとり出して眺める。

入居者は山王丸彩子……。

――例の雑誌に載っていた、不正を働いた会計士だ。そして、この事務所の創設者。

請求書には毎月の室料や食事代、介護料やリハビリ費用などが記載されており、山王丸名義の銀行口座から引き落とされている。やはり、この事務所の創設者である彩子は山王丸の母親なのだろう。でなければ、施設利用料を払う理由がない。

――まだ六十代のはずなのに、介護施設にいるなんて……。

原因は精神的なものなのか、身体的なものなのか、請求書からはわからない。

が、なんらかの病気のせいで自立した生活が困難なのだろう。古い記事にあった自殺未遂が関係しているのかもしれない。

書庫の掃除をしながら悶々と考えていた私は、山王丸の姿が事務所内にないのを確認し、

「氷室さん。山王丸先生のお母さんって、施設に入居してるんですか？」

と、聞いてしまった。

「みたいですね。毎週、日曜日には面会に行ってるみたいです」

「毎週……。そうなんだ……」

意外に母親思いで優しい一面を垣間見《かいまみ》たような気がした。

「光希さん。先生のプライベートにはあまり踏みこまない方がいいですよ」

氷室が抑揚《よくよう》のない口調で忠告する。その理由を聞くよりも先に、

「ふ、踏みこみませんよ。そもそも、あの人の私生活になんて興味ありませんから」

と反射的に言い返した。氷室の目がきょとんとしている。私がなぜムキになっているのか理解できないみたいに。

が、すぐにいつもの事務的な態度に戻って言った。

「先生のお気に入りのコーヒーのストックが切れています」

私も事務的に「承知しました。買ってきます」と返事をして自家焙煎《ばいせん》のコーヒー豆を扱っている専門店へ向かった。

そして、その週の日曜日。

いけないこととは思いながら、私は「月の里」という施設名を検索し、山王丸彩子の入

所する介護施設に足を向けてしまった。

氷室が言うには毎週日曜日には母親を見舞っているとか。

あの山王丸がどんな風に母親に接しているのか見たかったのだ。

母親の謝罪が世間に受け入れられず、追い詰められるのを目の当たりにした少年時代の山王丸。そのせいで、許されない土下座には一円の価値もない、どんな手を使ってでも炎上を阻止できればいい、と考えるようになったのだとしたら……。

それならまだ、山王丸の思考を理解できるような気もした。

その時の私はコンサルの仕事が金のためだけではない、と思いたかったのかもしれない。

電車を乗り継ぎ、調べた最寄り駅で降りた後は、地図アプリを頼りに小高い丘の上まで登る。

今日は朝から曇り空で日差しはきつくない。が、施設が見えてくる頃には軽く汗ばむぐらいの距離だった。

「月の里……。ここか」

広々としたホテルのような施設で、ロビーまでは誰でも足を踏み入れることができそうに見えた。

が、入り口にはホテルのコンシェルジュみたいな受付があり、ロビーを歩いている人たちは首からIDカードをぶらさげている。受付より先に入れるのは関係者か入所者の家族だけだろう。

私は遠巻きに中の様子を見た。

「あれ?」

ガラス越しに見ていたロビーに山王丸が姿を現した。

ニットのセーターにジーンズという姿が新鮮だ。事務所にいる時はシャツにスラックス、会見場に潜んでいる時はダークスーツかジャケットという恰好《かっこう》しか見たことがないせいだろう。

山王丸は車椅子を押していた。

「あれは……」

週刊誌で見た時よりだいぶ老《ふ》けてはいるが、車椅子に座っているのは山王丸彩子に間違いない。その表情はどこかぼんやりとしていて、話しかける山王丸の言葉がわかっているのかいないのか、唇は動かない……。

——会見で責められ、自殺未遂の挙句、こんな風になってしまったのだろうか?

胸が締めつけられた。

『許されない土下座には一円の価値もない』

その本当の意味が胸に迫る。

山王丸が、母親の開設した事務所をそのままの姿で残している理由がわかったような気がした。きっと、戒《いまし》めを忘れないためなんだ。

――そうだ。クライアントがお金持ちだろうが生活困窮者だろうが、私は彼らが許されるための謝罪会見に全力を注がなきゃいけないんだ！

2

月の里で山王丸彩子の姿を見て、謝罪コンサルとしての決意を新たにした翌日、私はソファで寝ている山王丸に頭を下げた。

「ごめんなさい！　二度と、事務所を改装してくれなんて言いません！　約束します！」

「は？　いったい何を言い出すんだ、急に」

クッションを抱いたまま眠たそうな目を開けた山王丸が訝る。

「いえ、なんでもありません。私、この古くて使い勝手の悪い沢山の危険が潜む事務所でこれからもがんばります！」

山王丸は、きょとんとした顔をしていたが、

「そうか。いい心がけだ」

と、一瞬ニヤリと笑い、再び目を閉じて寝返りを打った。

そして、その日の昼下がり。

客の来ない経営相談の受付で、ボーッとしながら髪の毛先をクルクル指先に巻きつけていた時、不意にポケットの中のスマホが震えた。

「うん？　倉科《くらしな》？　え？　萌絵《もえ》？」

名前が表示されてもすぐにはピンとこないほど久しぶりの人物からの着信だ。

倉科萌絵は私の高校時代の同級生で、学年一の美人で秀才。いわゆるスクールアイドルだった。卒業後は有名私大に進学し、成人式会場でちらっと見かけた時も、沢山の同級生たちに囲まれて、輝くような笑顔を浮かべていた。その時も会話はしていないし、最近たまたま見つけたSNSで、萌絵が大手精密機器メーカーに就職したことを知ったぐらいの間柄だ。

『わ。萌絵？　久しぶり』

一応、クラスメイトとは下の名前で呼び合っていたので、当時と同じようにそう呼んだ。

けれど、実際、萌絵とはそんなに仲がよかった記憶はないし、話をするのも卒業式以来だ。

『ごめんね。久しぶりに光希に会いたくなって。今週、もし、時間あったら、と思って』

「今週？」

急な話だな、とは思ったけれど、高校でアイドル的な存在だった彼女が私のことを覚えていてくれたことが嬉しかった。

「もちろん、いいよ！」

『よかった！　私のことなんて、もう覚えてくれてないかも、って思ってたから嬉しい』

「それはこっちのセリフだよー」

そう言って笑い合い、少しだけ高校時代の話をして会話は終わった。

思えば彼女と同じクラスになったのは一年生の時だけ。文化祭の時に作った連絡網のおかげで電話番号とグループラインが辛《かろ》うじて残っているぐらいで、今はＳＮＳですらつながっていない。

通話を切った後で冷静に考えてみると、彼女が私に会いたい理由がわからなかった。

何しろ、高校時代の私は勉強もスポーツも普通以下。ルックスも目立つ方ではない。

「何の話だろう……。私って、学園アイドルだった子が卒業から四年以上経って、ただ懐《なつ》かしいって理由だけで会いたくなるような同級生じゃないよね……」

自虐的につぶやいた私の背後で低い声がした。

「それはきっと何かの勧誘でしょう」

ドキリとして振り返ると、氷室が立っている。どうやら、私の独り言を聞いていたようだ。

お互いに恋愛関係に発展しかけたことなどなかったかのように、私たちはただの同僚に戻っていた。だが、相変わらず氷室は私を見ると不整脈を起こすらしく、会話する時は必ずといっていいほど左胸のあたりを手で押さえ、頬を上気させる。

——どう見ても恋する少年にしか見えないのだが、どうやらそうではないらしい。そんなに私の存在がストレスなのだろうか。

その態度を腹立たしく思うこともあるが、私はできるだけ彼の生体反応を気にしないようにしていた。

「勧誘……ですか？」

「学生時代、それほど親しくなかった同級生が数年ぶりに連絡をしてくる理由のナンバーワンはマルチ商法や新興宗教の勧誘。二番目は借金の申しこみです」

「う、嘘でしょ……」

「あくまでも統計上の傾向ですが、僕の実体験も加味しての話です。これまで疎遠だった旧友とは勧誘や借金のせいで先々トラブルになったとしても、疎遠だった頃の間柄に戻ればその後の生活には支障が少ないという合理的な理由からだと思われます」

氷室は辛《つら》いはずの実体験をサラサラと説明した。

「もういいです。やめてください。彼女はそんな人じゃありません、たぶん……」

はっきり違うと言いきれるほど彼女のことを知らない自分に愕然とする。

——違うよね？　何かの勧誘じゃないよね？　誰か違うと言って。

そんな疑念は彼女に会う直前まで薄《う》っすらと残っていた。


微かな不安を覚えながらも、電話をもらった翌日の終業後、待ち合わせの場所に行った。

表参道にある創作和食のお店で、建物の周囲には竹林、入り口には灯籠《とうろう》や石畳がある。

「光希、久しぶりだね。元気だった？」

個室で待っていた萌絵の、学生時代と変わらない笑顔を見た途端、不安が吹き飛んだ。

かつては親友だったような、親しみのこもった第一声が嬉しかった。

「うん。元気だったよ。萌絵は？」

「うん、まあ、元気……」

答えるその表情は、少し沈んでいるように見えた。

「萌絵、どうかしたの？」

聞くのが怖かったが、やっぱり聞かずにはいられない。

「ううん、なんでもない。とにかく乾杯しよ！　光希、何飲む？」

気をとり直したように笑ってメニューを眺める萌絵は女子高生だった頃より痩《や》せて綺麗

になっている。長い前髪を指先でサイドに流す仕草《しぐさ》が艶《つや》っぽかった。

——やっぱ美人だな、萌絵は。

私はチューハイ、萌絵はカクテルを注文した。

「じゃ、かんぱーい！」

カチン、とグラスを合わせた時、ようやく萌絵は溌剌《はつらつ》とした笑顔を見せた。

料理はもう萌絵が頼んでくれていて、コースの最初に出てきた先付けは、可愛らしい小鉢に入ったマリネや胡麻《ごま》豆腐、栗の甘露煮。

「美味《おい》しい！　萌絵ったら、いつもこんなお洒落《しゃれ》なお店で食事してるの？　さすが一流企業の社員は違うね！」

「そんなこと、ないよ。光希だって芸能事務所なんてカッコよすぎるわ。入社当時、仕事のことSNSに上げてたでしょ？　芸能事務所なのに時代遅れの複合機使ってる話とか、社長の顔が怖い話とか、笑っちゃった」

「え？　見てくれてたの？」

高校時代、目立つ存在でもなかった私のインスタを見てくれていたのは意外だった。

「けど、今は出向中なんだぁ」

「へえ、そうなんだ。最近、仕事の記事が上がってこないなー、とは思ってたんだけど」

会計士事務所の受付には何の面白味もないし、謝罪コンサルの仕事については書くことができないからだ。

「ま、仕事の話はよそでしない方がいいかもね」

そんな意味ありげな彼女の言葉が引っかかったものの、その時はそれほど気にしなかった。

美味しい食事にアルコールも進み、学生時代の話に花が咲く。

「一年生の時の文化祭、楽しかったなー。クラスでロミジュリの演劇やったじゃん？　萌絵のジュリエット、ほんとに素敵だった」

ちなみに私の役は召使Cだった。

「ふふふ。楽しかったな。ほんと、あの頃が一番よかった」

そう言って微笑んだ萌絵の瞳が潤んでいるように見えた。

「どうしたの？　飲みすぎちゃった？　気分悪い？」

急に表情を翳《かげ》らせた萌絵が首を横に振る。

「実は私、光希に相談があって……」

「え？　相談？」

すっかり打ち解けた、このタイミングで？

『学生時代、それほど親しくなかった同級生が数年ぶりに連絡をしてくる理由のナンバーワンはマルチ商法や新興宗教の勧誘。二番目は借金の申しこみです』

氷室の言葉が甦り、思わず身構えてしまった。

「そ、相談って、な、な、何かな？」

これでもかなりナチュラルに聞き返したつもりだ。

「光希。いい弁護士さんとか知らない？」

「へ？　弁護士？」

それは意外な話だった。とりあえず、変な勧誘でも借金の申しこみでもないことにホッとしている自分を猛省した。

――氷室さんのばか……。あんなこと言うから、友だちのこと疑っちゃったじゃないの。

グラスのカクテルを飲み干した萌絵は、ふう、と溜め息をついた。

「ごめんね。芸能事務所なら敏腕弁護士とかついてるんじゃないかと思って」

どうやら、それが四年ぶりのコンタクトの理由だったようだ。やっぱり、純粋に会いたくなった、とかじゃなかったんだ……。ちょっと期待外れではあったけれど、理由はなんであれ、私のことを思い出し、頼ってくれたのは事実だ。

「弁護士……。う〜ん。前の会社では契約してる弁護士さんがいるのかもしれないけど、私は会ったことないなぁ」

荒田社長が『個人的なもめ事と昼の弁当は自分でどうにかせえ』と芸人さんに言ってい

たのを聞いたことがある。

「けど、萌絵が勤めてる会社みたいな大企業なら相談窓口とかあるんじゃないの？」

「実は辞めたの、会社……。弁護士さんに相談したいのはその辞めた会社のことなの」

そう言って、萌絵はスマホを操り、動画を示した。

「原因はこれ」

それはウェブニュースの一部らしく、大企業に勤めていた女性社員がインタビューに答える様子が映っている。

『昨年、《世界で最も影響力のある百人》に選ばれ、日本国内でも革新的な経営者として有名な藤岡《ふじおか》テクノ機器の藤岡社長ですが、社内では別の顔があったみたいですね』

『ええ。藤岡社長は最低最悪の上司でした』

告発している女性の音声は加工され、顔にはモザイクがかかっているが、

「これ、私なの」

と萌絵が打ち明けた。

「え？　マジで？」

そう言われてみれば、指の長い白い手やスカートの裾《すそ》からのぞく細い脚を注意深く見ると、答えている女性が萌絵に見えてくる。

『具体的にどんなパワハラがあったのか教えてもらえますか？』

女性アナウンサーがさらに詳細を尋ねる。

『あれは……。パワハラというより、ほとんどイジメでした……』

『イジメ？』

『ええ。藤岡社長には常にアシスタントが複数いて、私は私より半年早く入社していた先輩とチームを組んでいました。その先輩はすごくいい人で丁寧に仕事を教えてくれて、関係は良好だったんです。けど、社長は私たちに対してなぜか意味もなく同じ仕事をさせたんです。そして、提出が遅かったりミスがあったりした方を激しく叱責しました……』

『何？　それって、どっちかを罵倒《ばとう》するためにわざと？』

アナウンサーは怒りを隠さなかった。

『たぶん……。けど、パワハラとかモラハラって言われないように言葉だけは選んでいたと思います』

毎日がその繰り返しで、常に競わされるふたりは精神的に疲弊し、その先輩との関係も徐々に悪化した、と萌絵はインタビューの中で説明した。

トイレに行く時間も惜しむようになり、萌絵はついに膀胱炎《ぼうこうえん》になってしまったそうだ。

『けど、先輩は私と一緒に働き出してから一年もしないうちに結婚が決まって、会社を辞めることになって……。丁寧に仕事を教えてくれたいい人だったのに、ホッとしている自分が嫌になりました』

だが、その後、後任として採用された新しいアシスタントが来てから、萌絵の本当の地獄が始まったという。

『その新人はとても可愛い顔をしていて要領がよくて、あっという間に藤岡社長の懐《ふところ》に入りこみました』

そして、あろうことか、萌絵が藤岡に叱責されると「萌絵さんって、ほんとに使えない人ですね」とか「私だったらもう辞めてますぅ」といった言葉で彼女を傷つけたのだと動画の萌絵は証言した。

『藤岡社長から受けるパワハラと後輩に対する不信感とで心が壊れそうでした。それからは、朝、家を出て会社が近づいてくると足が震え出して……。吐き気がするようになってしまって。会社に行けなくなりました』

そこで萌絵は動画を止めた。

「退職した後、次の仕事を探そうとしたけど、同僚や上司とうまくやっていく自分が想像できなくて……。結局、まだ無職のまま……。私をこんな風にした藤岡社長に一矢《いっし》報いたい、って気持ちもあって、匿名で顔を隠して音声も変えてくれるっていうから、インタビューを受けたんだけど……」

音声や外見が加工されていても、知っている人物が見れば萌絵だとわかるかもしれない。

「制作会社に就職した大学時代の友だちに頼まれて、軽い気持ちで受けたインタビューだったんだけど、すごい勢いで拡散されてしまって……。特定されないようにするって言ってたのに、インタビューの中で働いてた期間とか仕事内容とか、詳しい話をしすぎたから、これが私だって特定されちゃったの」

私自身は興味がない業界の話だったせいか、この動画の存在は知らなかった。が、関係者や取引先、この会社への就職を考えていた人たちにとっての影響は計り知れない。

「それで?」

「藤岡社長は根も葉もないことだと言って、名誉棄損で私のこと訴えるって……」

声を詰まらせた萌絵は俯いて肩を震わせている。さっきまでは無理に気丈にふるまっていたのだろう。——本当はずっと不安で押しつぶされそうだったのね……。

「萌絵……。可哀そうに……。怖かったよね、すごく……」

彼女の心中を察して手を伸ばし、項垂れている彼女の頭を撫でた。

「光希ぃ……。私、高校でも大学でも会社でも、ずっと弱い自分を隠してたような気がする。カッコばかりつけて、気がついたら、こんな相談できる友だちもいなかった。それを思い知った時、なぜだかわからないけど、光希のことが思い出されて……」

「それって……」

私はカッコをつけたり、見栄を張るほどの相手じゃないって意味なのでは?

軽い屈辱感は味わったものの、それでも窮地で私のことを思い出し、頼ってくれたことが単純に嬉しい。

「わかった。なんとかする。なんとかして萌絵のこと、助けるから」

反射的にそう口走っていた。萌絵を訴えると言っている相手は大企業の社長で、こっちは何のプランも勝算もない、ただの事務員だとわかっていながら。

そこに至る経緯はどうあれ、私のことを頼りにしてくれた旧友の力になりたい。その一心だった。

「ありがとう、光希。そんな風に言ってくれて嬉しい」

と言いながらも、彼女の顔はどこか寂しげで、諦めを含んでいるように見えた。

「ごめんね。本当はただ、私が嘘なんかついてないってことを誰かに聞いてもらいたかっただけかもしれない」

「え？　どういう意味？」

「本当はもう、決めてるの」

と、萌絵が寂しそうに笑った。

「決めてる？　決めてるって、何を？」

「私、謝罪するの」

そのワードにドキリとした。自分の職場の裏稼業を知られているような気がして。

「しゃ、謝罪？」

「藤岡社長が、他の社員たちの前で謝罪したら許してやるって言ってるの。『あれは嘘でした。お金が欲しくてマスコミのインタビューを受けて嘘を言いました』って、証言すれば訴えをとり下げてやる、って」

振り絞るように吐き出された声に、くやしさと悲しみが入り交じっているようだった。

「そんな……」

「私、『自分の能力不足で解雇させられたのに、納得がいかなくて、腹いせに告発しました』って、藤岡社長や一緒に働いていたみんなの前で謝罪するの……」

そう言って一筋の涙を流した彼女は、歪んだ顔を隠すように両手で覆った。

「そんな……。だって、萌絵は嘘なんて言ってないんでしょ？　藤岡っていう男は本当にひどい社長なんでしょ？」

「そうだけど……。仕方ないのよ。向こうにはすごい弁護士がついてて……。ほんとに訴えられたら、私、とんでもない額の賠償金を払わされることになるわ」

「ダメだよ！　相手が誰であろうと。自分のこと、お金目当てに会社を告発した人間だと認めてしまうなんて。そんな屈辱的な記憶をこの先ずっと抱えて生きていくなんて、苦しすぎるよ」

「わかってる！　わかってるけど……」

既に追い詰められ、戦意を喪失している萌絵を、なんとかして助けてあげたかった。

「謝罪するのは少しだけ待って！　あと一週間だけ！　いや、三日でもいいから！　何か手立てを考える時間をちょうだい！」

今のところ何も思いつかない。が、そう言わずにはいられなかった。——萌絵を守ってあげたい。

3

その夜は萌絵のやるせない気持ちに感染したみたいに胸が苦しくて、なかなか寝つけなかった。

それでも朝、目覚めた時には気持ちが浮上した。

——あっちがすごい弁護士を雇ってるっていうんなら、こっちはもっとすごい弁護士を探せばいいのよ！

「氷室さん。弁護士の知り合いとかいませんか？」

次の日、事務所で仕事をしている氷室に声をかけると、彼はドキッとしたみたいに両肩を跳ねあげた。左胸を押さえながらこちらを見ている。

——まだやってるのか……。

壊れかけのアンドロイドみたいな仕草には呆れるが、彼ほど高学歴の人物なら、友人に弁護士のひとりやふたりはいるような気がした。

「いますよ。ハーバードのロースクールにいた日本人なら」

「ハーバード⁉」

それなら藤岡社長側の敏腕弁護士にも太刀打ちできるかもしれない。

「けど、そのハーバード卒の人の相談料とか高いですよね？ きっと」

昨夜、ネットで調べた相場は標準的に三十分五千円ぐらいだった。いや、この事務所のコンサル料に比べたら微々たるものだが、無職の萌絵や薄給の私には大金だ。

「そうですねえ。そのクラスの弁護士の相談料の相場は三十分ほど話を聞くだけで二十万ぐらいですかね」

「に、二十万⁉ ……もういいです」

かといって、相手は大企業だ。それなりの実績がある弁護士でなければ太刀打ちできないだろう。

溜め息をつきながら、ソファに転がっている山王丸に目をやる。こんな相談に乗ってくれるとは思えないが、この際だ。背に腹は代えられぬ。

「先生……」

「知らん」

「まだ、何も言ってません」

私はまた溜め息をつきながら、受付に座った。

「やっぱり、謝罪するしかないのかな……」

弱気になってそうつぶやいた瞬間、ソファの方でムクリと起きあがる気配がした。

「謝罪？」

普段はのっそりとしか動かない男の条件反射的な素早い動作に驚きながらも詳細を説明した。

「藤岡テクノで働いてた友だちが、無実の罪で社長に訴えられそうになってるんです」

私は社長の藤岡がひどいパワハラ経営者であり、何人もの社員を退職に追いこんでいることを説明した。そして、知人がその事実をネットで証言したら、あっという間に拡散されてしまい、社長自身の耳にも入ってしまったことも言い添えた。

「藤岡社長が萌絵に……、私の友だちに裁判になりたくなかったら元同僚たちの前で自分に謝罪しろと言ってきたらしくて。それを阻止するためには、あっちに負けないぐらいの敏腕弁護士に藤岡のパワハラを逆に訴えてもらうしかなくて」

「ほう……。面白そうな話じゃないか」

意外にも山王丸が食いつく。

「いや、彼女はお金持ってないですよ？」

「俺が困ってる女性から金をとると思うのか？」

「は？　先生がお金以外のために動いたことって、かつてありましたっけ？」

「俺は弱者に寄り添うハートフルなコンサルだ」

いやいやいやいや。どの口が言っているのだろうか。

「何を企《たくら》んでるんですか？」

「別に」

クールに答える唇の端がぎゅっと持ちあがっている。

——絶対、何かある。けど……。

「何を企んでるのかは知りませんけど、本当に萌絵の力になってくれるんなら……」

なんだか裏がありそうで簡単には信用できない。が、今は藁《わら》にもすがる思いだ。

「任せておけ」

そう言って、山王丸はクッションを抱え、またソファにゴロンと横になる。

——どうも信用できない。お金になるとは思えない仕事なのに、ほんとにやる気あんのかな。

山王丸の意図は全くわからないが、どうやら同じ舟に乗ってくれるようだ。

私はメモを片手に山王丸の横へ行った。

「こういう場合、私はまず何をすれば？」

「倉科萌絵と同じような被害を受けた社員の証言を集めろ」

山王丸の言葉をメモに書きとめながら「何のためにですか?」とその意図を聞いた。

「集団訴訟を起こすんだよ」

「集団訴訟?」

「証言者を集めて集団訴訟に持ちこむ。訴える相手は藤岡社長本人もだが、問題を放置した会社も、だ。これは金になるぞ」

やっぱり金か!

呆れ果てたが、山王丸の作戦以外に勝つ方法はないのかもしれない。今のままでは勝負は目に見えている。が、大勢の被害者が結束すれば、同じ被害を受けている同僚が複数いるというだけで、戦いをかなり有利に進めることができる。情報を集めること自体はやって無駄ではないだろう。その作戦なら藤岡社長と互角に戦えるかもしれない。

「けど、訴訟するのに弁護士抜きでできるんですか?」

「いるじゃないか、そこに。ハーバードのロースクール出身の男が」

そう言って山王丸は顎の先で氷室の方を示した。氷室が小さく手を挙げている。

「え? 氷室さんって、法律の勉強もしてたんですか? ハーバードの大学院で数学の研究をしていて教授との折り合いが悪くて追い出された話と、IT企業に勤めたけど上司とモメてクビになった話は聞きましたけど」

うっかり彼の黒歴史を諳《そら》んじてしまったのだが、氷室はなぜか自慢げな顔だ。

「大学院とIT企業の間に法律事務所での勤務経験があります」

「じゃあ、さっきの相談料が三十分で二十万円の弁護士って、氷室さん自身のことなんですか？」

「ええ。大手法律事務所のエース級として迎えられたのですが、どうもクライアントとの折り合いが悪くて……。というか、どうしてすぐにバレるような粉飾決算や子供でもわかるようなコンプライアンス違反を犯すのか全く理解できなくて。それでもがんばって案件をこなしていたのですが、なぜか事務所の上客の相談に乗っているうちに険悪になってしまい、三日で解雇されてしまいました」

なるほど。彼らしい武勇伝だが……。

「三日で解雇……。不安しかありませんが、今は氷室さんだけが頼りです」

手を合わせて拝むと、氷室は「僕だけが……頼り？」と、また左胸に手を当てて呼吸を整えていた。

――ほんとに大丈夫なのかな、この人で……。いや、事務所の仕事として受けてくれるのなら私や萌絵の依頼料は発生しないよね？　だとしたらラッキー……なのかも？

一抹の……、いや、目一杯の不安を抱えつつ、その日の仕事を終えた後も萌絵とコーヒーショップで落ち合った。

「光希の上司、本当にいい人なんだね」

山王丸が力を貸してくれることを伝えると、萌絵は心底感動したように溜め息を洩らした。

「いい人ではないけど、てか、明らかに悪者だけど、味方にすれば最強かも。特に謝罪に関しては」

萌絵はホッとしたような笑顔を浮かべた。

「それでね、ひとりでも多くの証言者を集めないといけないんだけど、萌絵が知ってるパワハラ被害者は結婚退職した先輩だけなんだよね？」

「うん。私は藤岡テクノに一年半ぐらいしかいなかったしね……」

「その先輩の連絡先ってわかる？」

「結婚して田野倉《たのくら》っていう苗字《みようじ》になってた。これ、頼まれてた年賀状。だけど、先輩もあの頃のことは思い出したくないんじゃないかな……」

一度だけ届いたという先輩からの年賀状の住所は埼玉県《さいたまけん》になっていた。

「萌絵は会いにくいだろうから、私が会いに行ってみるね」

私がそう言うと、萌絵は申し訳なさそうに「ごめんね、私が行くべきなのに……」と語尾を弱めた。萌絵の肩が小刻みに震えているのがわかる。先輩と競わされた記憶が甦ったのだろうか。その顔は青ざめていた。

「だ、大丈夫だよ！　私ひとりでも。うまく頼んで、他の被害者の連絡先、聞き出してくるからね」

「ほんと、ごめんね……光希……」

涙ぐむ萌絵の手を握って「大丈夫だよ」と励ますことしかできなかった。

その週の土曜日、萌絵の先輩で結婚退職したという田野倉綾美《あやみ》という女性を訪ねた。

彼女から数珠つなぎ式に前任者を訪ねて証言を集めていこうと思ったのだ。

葉書を頼りに訪れたのはまだ田園風景の残る郊外の一戸建て。萌絵の先輩だった田野倉さんは自然豊かな町で新婚生活を楽しんでいるようだ。

萌絵の友だちだと言うと、田野倉さんは少し複雑な顔をしたものの、リビングに通してくれた。

が、藤岡社長の名前を出した途端に顔色が変わり、

「ごめんなさい。あの頃のことは思い出したくないの」

と態度が硬化する。

「わかります。けど、萌絵が藤岡社長のパワハラを暴露したせいで、社長に訴えられそうになってて……」

事情を伝えると、彼女は黙りこんだ。そして、しばらくの沈黙の後、口を開き、訥々《とつとつ》と話した。

「私、今、お腹《なか》に赤ちゃんがいるんです。あの頃のことを思い出すと自分の顔が険しくなるのがわかるんです。こういうの、胎教によくないと思うから、できるだけ藤岡社長のことは考えないようにしてるんです」

協力を拒否されてしまった。だが、彼女の気持ちはわからないでもない。

「わかりました。おうちまで押しかけてきて、すみませんでした」

居たたまれなくなってソファを立った。

「出産、がんばってくださいね。何かあったら連絡ください」

困惑するような表情のまま玄関先まで出てきてくれた田野倉さんに名刺だけ渡し、エールを送った。

すると、彼女は「ちょっと待ってて」といったん奥に引っこみ、一枚のメモを渡してくれた。

「これ、私と同じ部署にいた二宮《にのみや》さんっていう女性の住所と電話番号。私、彼女とはチームを組んでなかったんだけど、彼女は藤岡社長に『このパワハラ野郎！』って啖呵《たんか》を切って辞めたような強い人だから、私よりは力になれるかもしれないわ」

「あ、ありがとうございます！」

頭を下げて帰ろうとした時、「篠原さん!」と田野倉さんに呼び止められた。

「……萌絵ちゃんに、力になれなくてごめんね、って伝えてください」

田野倉さんは申し訳なさそうに頭を下げる。俯いているその顔が泣き出しそうに歪んでいるのがわかり、胸が締めつけられた。

——藤岡社長……。いったいどんな最低なパワハラ上司なんだろう。

東京へ戻る電車に揺られながら、スマホで藤岡社長について調べた。

記事によれば、高校卒業後に渡米し、アメリカの大学でMBAを取得してから帰国、祖父が創業した藤岡テクノの三代目社長になっている。

写真もいくつかアップされていた。画像で見る限り、ルックスは薄目でこれといって特徴がない。

駅に着いてから、田野倉さんがくれたメモの人物、二宮惟子《ゆいこ》さんに電話をかけてみると、彼女はハキハキした口調で、

「いいですよ。お会いします。どこで落ち合いますか? これからでも大丈夫ですよ」

と躊躇なく面談を快諾《かいだく》してくれた。

「え? これからでもいいんですか?」

願ってもないチャンスだ。

そして、その電話から三十分後には、二宮さんが新宿の待ち合わせ場所まで駆けつけてくれた。

二宮さんは電話での喋り方や、田野倉さんの話から想像していたとおりのルックスだった。ショートカットで目鼻立ちのはっきりとした勝ち気そうな顔立ちだ。

「藤岡は最低の男です」

コーヒーショップの小さなテーブルで向かい合った途端、二宮さんはそう断言した。

「わざとミスするような仕事をさせて、人前で叱責したり恫喝《どうかつ》したりするんです。『俺に恥をかかせるような失敗するんじゃない』とか『こんな書類もまともに書けないのか』とか。とにかく圧がすごくて、みんな萎縮《いしゅく》して余計ミスしちゃうんですよ。その上、同僚同士を競わせて人間関係を険悪にさせる天才でした」

「いったい、どうしてそんなことをするんですかね?」

「もともとの性格が歪んでるとしか思えませんね。本人はそれが経営者の人心掌握術とでも思いこんでるみたい。周りの人間から自分の本性を見透かされてることに気づいてないんですよね」

「そうですか……」

歯に衣着せず、藤岡社長を批判する二宮さんを見て、きっと彼女は萌絵の味方になってくれると確信した。

「私たち、藤岡社長を訴えたいと思ってるんです」

そう打ち明けると、二宮さんは目を輝かせた。

「ほんとに？　私、いくらでも証言しますよ？　私もアイツから慰謝料ふんだくってやりたいです。実は藤岡が叱責した時の声、スマホで録音しておいたんです」

「嘘！　証拠があるんですか⁉」

思わず椅子から立ちあがっていた。これで勝てると確信して。

だが、まだ油断はできない。敵には凄腕の弁護士がついている。そして、弁護士としての氷室の能力は未知数だ。

「できるだけ多くの人から沢山の証言を集めたいんです！」

「わかった。そっちは任せて！　私の同僚だった人たちを遡《さかのぼ》って訪ねてみるわ。みんな辞めてる人たちだから、きっと証言してくれると思う」

「二宮さん！　ありがとうございます！」

初対面であるにもかかわらず、私たちは見つめ合い、堅く手を握り合った。

4

日曜日の朝、惰眠を貪《むさぼ》っていた私に、萌絵から電話が入った。

『光希！　どうしよう！　藤岡の弁護士が会いに来るって言ってるの！』

それは憔悴しきった声だった。

「萌絵、落ち着いて。私も行くから、待ち合わせ場所にどこかの喫茶店を指定して。私、近くの席にいるから。傍にいるから安心して。とりあえず、相手の話だけ聞いてみよ。あっちの言い分を聞いてから作戦を立てればいいから。ね？」

『私、どうしたら……』

萌絵はようやく落ち着きをとり戻した様子で『わかった。場所を決めたら連絡するね』と言って電話を切った。

出かける準備をしているうちに、萌絵から新宿駅近くの喫茶店のＵＲＬが送られてきた。


急いで駆けつけた喫茶店は昼食には早い時間だったせいか、空いていた。

既に萌絵がスーツ姿の男と向かい合っている。

男は濃紺のスーツに赤いネクタイ。大きな顎は割れていて、肩幅が広く、体に厚みがある。弁護士というよりは、攻撃的で威圧的だった前のアメリカ大統領みたいな雰囲気だ。

私はふたりの声がよく聞こえるように、萌絵の後ろの席に背中合わせに座って隠し持っていたボイスレコーダーの録音ボタンを押した。

「弁護士の西野《にしの》です。早速ですが、藤岡社長が求めておられる謝罪についてお伝えします」

西野と名乗った弁護士が萌絵の謝罪ありきで話を進め、

「多少、事実とは異なるかもしれませんが、これから申しあげる筋書どおりに話していただければ、社長は告訴しないと言っています」

と、奇妙な前置きをした。

――は？　『多少、事実とは異なるかもしれない』とは？　どゆこと？

首を傾げている私の背後で西野弁護士が続けた。

「あなたは藤岡社長に片想いをしていたことにしましょう」

――はい？

盗み聞きしている立場を忘れ、思わず声を上げそうになった。いや、上げてしまった声をごまかすために、「ハイッ！」と手を挙げて「オーダー、お願いします！」と店員さんを呼ぶ。

うまくごまかせたのか、周囲のことなど気にしていないのか、そのまま西野の声が続く。

「あなたは社長にフラレて会社を辞め、腹いせにパワハラ被害に遭ったと吹聴《ふいちょう》した。その話を鵜呑みにした制作会社があなたに接触し、ニュースにしてしまった、ということにしてください」

「そんな……。私が社長を好きだったなんて、そんなの嘘じゃないですか」

さすがに萌絵も黙っていられなくなった様子で言い返す。

「これが藤岡社長の妄想だろうが偽りの主張だろうが、私としてはどうでもいいんです。社長は『倉科萌絵が泣きながら、藤岡社長を愛していた、パワハラは嘘だった、と言ったら、すべてなかったことにする』と言っています」

――ありえない！

叫び出しそうになる口を両手で押さえる。

「拒否すれば、あなたは破滅するでしょう」

「破滅？」

「名誉棄損で一生かけても払えないぐらいの請求をさせてもらうことになります」

「そんな……」

萌絵の声が途切れる。が、西野はそれを無視するかのように、「では、決心がついたらご連絡ください。期限は十日以内です」と言い残して席を立つ気配がした。が、西野は不意に思い出したかのように付け加えた。

「ああ、当日は藤岡テクノの社員が百人ほど立ち会いますのでよろしく」

百人もの社員たちの前でそんな屈辱的な謝罪をさせられるなんて……。

私は西野弁護士が店を出るまでなんとか怒りを抑えた。

——これじゃ私刑だわ。なんて不当なの。西野は弁護士の風上にも置けない男だ。

こんな恐喝まがいのやり方が許されるのだろうか。いや、もしかしたら、藤岡と西野が口にしている訴訟はただの脅しなのかもしれない。

とにかく今は、まだ敵に陰の支援者の存在を知られない方がいいだろう。

窓越しに、西野が横断歩道を渡って歩き去るのを確認してから、怒り心頭で振り返ると、萌絵はテーブルに伏せて背中を震わせていた。

——萌絵……。

私は萌絵の隣の席に移り、彼女の肩を抱いた。

「大丈夫。絶対、萌絵に謝罪なんてさせないし、藤岡に告訴もさせないから。安心して。私たちに協力してくれる人、いっぱい集めるから」

萌絵を励まし、テーブルに置かれている弁護士の名刺をスマホで写した。

ハーブティーとモンブランを注文して軽い雑談をし、ようやく落ち着いた萌絵を駅まで送った。

萌絵は私を心配させまいとするみたいに、改札の向こうから小さく笑って手を振る。

私は萌絵の姿が見えなくなってから、券売機脇の壁にもたれて西野弁護士のことを調べてみた。

西野は東大法学部出身、在学中に司法試験に一発合格している。現在は日本有数の弁護士事務所のトップで、その事務所が顧問契約している会社は錚々《そうそう》たる上場企業ばかりだ。所属している弁護士の中にはテレビに出演しているメンバーもいた。

——ちょっ……。敏腕とは聞いてたけど、敵はこんなすごい弁護士なの？

いくら氷室が東洋の至宝と呼ばれた天才だと言っても、弁護士事務所を三日で解雇されるような人材だ。たぶん、弁護士としての実績はそれほど多くないだろう。

——勝てる気がしなくなってきた……。

けど、私が諦めるわけにはいかない。

なんとか気をとり直し、二宮さんに連絡してみた。

「篠原さん？　ちょうどよかった。私も報告したいことがあって。明日の夕方、会って打ち合わせ、しませんか？」

二宮さんの方からそう言ってくれた。

やはり彼女は藤岡社長の告発に積極的で、意志が強く、頼りになる。挫《くじ》けそうになった心に灯りがついたような気持ちだ。

翌日の月曜日、新宿で二宮さんと落ち合い、ファストフード店で食事をしながら作戦を練ることになった。

「前任者をひとりひとり遡っていこうと思ってたんだけど、時間もないし、今日、人事にいる友だちにリストを見てもらえないか頼んでみたの」

「協力してくれたんですか？」

「ほんとはいけないことなんだけどね。事情を話したら同情してくれて。藤岡のアシスタントの中で短期間で辞めてる元社員、二十人分の苗字と電話番号、こっそり教えてもらった」

「すごいじゃないですか！」

二宮さんが書きとめたという電話番号に連絡してみると、話を聞いてくれることになった元社員が二十人中、十人だった。見ず知らずの人間からの電話だから、不審に思われても不思議はない。それでも、半数が会ってくれる運びとなったのだから上出来かもしれない。

次の日から週末までの四日間、私と二宮さんとでそれぞれ五人ずつ手分けをして会いに行くことになった。

私も仕事帰りに五人の元社員と食事がてら面談したのだが、事情を話しても協力してくれない人ばかりだった。その理由は『もう思い出したくない』だったり、『あの社長には関《かか》わりたくない』だったり、『裁判なんて面倒くさい』だったり。

結果、証言すると言ってくれた被害者は十人中三人。しかも、三人とも二宮さんが口説き落としてくれた女性たちだった。証言者をひとりも獲得できなかった私は自分の説得力のなさを思い知らされた。

週末は、萌絵と二宮さん、そして新しく仲間になった三人のメンバーで夕食をとりながら打ち合わせを重ねた。

待ち合わせのカフェに来てくれた三人は、全員が二十代半ばの美人だった。

「私、どうしても藤岡が許せなくて」

三人の中でもとりわけ美人でスタイルのいい丸山《まるやま》という女性が訴えた。

「私、入社してすぐに、藤岡から愛人にならないか、って、しつこく迫られたんです。『カレ氏がいるので』って言って、やんわり断ったんですけど、その日から仕事のミスをネチネチ指摘されるようになって……」

あとのふたりは萌絵や二宮さんと同じで、同僚と競わされ、負けると能力や人間性を否定された。そのせいで孤立し、疲弊して退職に追いこまれたのだという。ふたりともしばらく心療内科に通ったというからひどい話だ。

病院に通う羽目になるほどメンタルをやられた、というふたりのうちのひとり、色白の女性が口を開いた。

「藤岡社長は大学入試に失敗して、一浪して海外の大学へ留学したんですけど、わざと自分が落ちた国立大学の卒業生を採用するんです。あと、過去に自分を振った女性に似たタイプの女性を」

「は？　何のために？」

意味がわからない。

「一流大学を出た人間を顎で使ったり、自分をばかにした女性に似た部下を叱責したりすることで憂さ晴らししてるんですよ」

「そんなことのために？」

「世間ではリベラルで革新的な経営者とか言われてますけど、本当はただのコンプレックスだらけの男なんです」

色の白い女性が怒りのせいか頰を紅潮させて訴える。

彼女たちの話を聞いて膝の上に載せている拳《こぶし》が震えた。

「みんなで藤岡のパワハラを逆に告発しましょう。五人で被害を訴えれば、世論を味方につけることができるはずです！」

ひとりならフラレた腹いせだの、金目当てだの言われかねないが、働いていた時期も立場も異なる元社員たちが集団で訴えれば信ぴょう性も上がるはずだ。

「私たち、心療内科の診断書も持ってるんで、必要なら提出しますよ」

「あ、私、短い会話ですけど、藤岡が叱責した時の音声、録音してます」

三人は競うように藤岡のパワハラを証明できると口にする。

「ほんとですか⁉　全部、動かぬ証拠じゃないですか！　ありがとうございます！」

ようやく勝てる気がしてきた。


「というわけなんです。もしかしたらこの勝負、勝てるかもしれません」

山王丸には被害女性たちとの打ち合わせが終わる都度、状況を報告していた。

「光希。倉科萌絵から藤岡側の弁護士に連絡させろ」

その日まではずっと無言で、私の報告を聞いているんだか寝ているんだか全くわからなかった山王丸が、西野弁護士から言い渡された回答期限の前日の月曜になってそう指示した。

「西野弁護士にですか？　なんと言って？」

「謝罪する、と言え」

「ええッ⁉　私は萌絵に謝罪させないためにがんばってるんですよ？」

山王丸は目をつぶったまま面倒くさそうに説明した。

「社員百人の前でひっくり返すんだ」

「え？」

「藤岡テクノの社員は一万人近い。その中で厳選され、集められる百人は、藤岡がネットで拡散された自分へのパワハラ疑惑を釈明したい主要な社員や役員たちだろう」

「そっか！　その主要な社員たちの面前で、あのインタビューが真実であることを複数の被害者が暴露すれば……。それって、藤岡にとってすごいダメージになりますね！」

「そういうことだ」

「わかりました！　すぐにこの作戦を五人の被害女性と共有します！」

そして、火曜日、回答期限である十日目に、萌絵は私の目の前で『謝罪します』と電話で西野に伝えた。すると、スピーカー機能をオンにしたスマホから、

『では、金曜日にお待ちしています。時間や場所の詳細は後ほど、メールでお送りします』

と言う西野弁護士の声が聞こえた。

5

そして、心に余裕を持って迎えた金曜日。

私と萌絵は謝罪会場に指定された貸しホールの入っているビルから少し離れたカフェで

二宮さん、そして他の被害者三人を待っていた。直前まで藤岡の関係者に萌絵以外の被害者たちの存在を知られないためだ。

萌絵は緊張しきった様子でカフェに現れた。

「光希、ごめんね。こんなことに巻きこんでしまって」

開口一番、謝る萌絵に軽く笑ってみせた。

「いいのよ。私は萌絵のために何かできるのが嬉しいんだから。それに証言してくれる人も増えたし、楽勝よ」

そして、助っ人《すけと》である山王丸と氷室は直接、会場へ来ることを伝えた。

「まあ、彼らの力を借りるまでもないかもしれないけど」

萌絵をリラックスさせるために軽い口調を心がける。

ようやく萌絵の顔に微かな笑みが浮かんだ時、自動ドアが開いて二宮さんが現れた。

「あ！　お疲れ様です！　今日はよろしくお願いします」

私と萌絵は同時に立ちあがって、心強い協力者に頭を下げた。

私たちは温かいコーヒーを飲みながら、あとから参戦してくれることになった三人の女性を待った。

が、いつまで経っても、彼女たちは現れない。

「どうしたのかしら。私、丸山さんに電話してみますね」

私は例の藤岡から愛人になれと言われたという女性に、萌絵と二宮さんはそれぞれ他のふたりに連絡をした。

「え？　会見に出るのをやめる⁉　ど、どうして……」

尋ねてみたが『体調が悪くて』と言ってみたり『急用ができて』と言ってみたりで要領を得ず、突っこんで聞いているうちに電話を切られてしまった。

――ダメだ。家まで行って説得している時間もない。このタイミングでドタキャンなんて最悪……。

態度の急変に驚きながら時計を見ると、会見までもう二十分に迫っている。

「他の人たちは？」

私の問いに、萌絵と二宮さんは同時に首を横に振った。あとのふたりも、『熱が出た』とか『身内に不幸があって』という理由で今日の会見を欠席するという。

「こんなのおかしいわ」

三人全員が直前になって手のひらを返すなんて。

「まさか、藤岡社長の圧力がかかったんじゃ……」

それ以外、考えられない気がした。

「けど、三人の存在は藤岡側に知られてないはずじゃ……」

という萌絵のつぶやきを聞いた二宮さんが私を見る。

「え？　私？　いや、私は誰にも言ってません。協力してくれることになった会計事務所のふたり以外には……」

まさか山王丸が寝返ったということはないよね？　金の亡者が資金の潤沢な藤岡テクノ側につくことはありえない話じゃない。いや、いくらなんでもそれはない、と思いたい。誰か、そこまでの悪党ではない、と言ってください。

不安でいっぱいになりながら悪い想像を打ち消した時、萌絵がハッとしたように、

「まさか、二宮さんが藤岡テクノの人事の子に退職者の電話番号を聞いたのがバレてたんじゃ……」

と言いかけて口を噤《つぐ》んだ。

「は？　私のせいだって言うの？　こんなに協力してるのに？」

二宮さんが声を荒らげる。私は目尻を引きあげる彼女をなだめた。

「待ってよ！　内輪もめしてる場合じゃないわ」

「ご、ごめんなさい……」

萌絵が思い直したように頭を下げ、二宮さんも怒りが収まった様子だ。

——けど、どうしよう。彼女たちが来なかったら、パワハラの信ぴょう性が薄れ、証拠も提示できない。

血の気が引く思いをしている時、セットしておいたスマホのアラームが鳴った。

――会見十分前。もう行かなくては。

唇を噛んでいた二宮さんが立ちあがった。

「ここまで来たら私たちだけで戦うしかないわね。私、社員たちの前で藤岡が私を罵倒した時の音声テープを再生してやるわ！」

「そうですね！　まだ、その証拠がありましたね。行きましょう。そして、二宮さんと萌絵の証言で藤岡社長をやっつけましょう！」

私も自分を奮い立たせ、席を立った。

萌絵を謝罪させるために用意されていた会場は、オフィスビルの最上階にある広い貸しホールだった。

重厚なビルの立派さに圧倒されながらエレベーターを待っていると、西野弁護士が後ろからやってきて、

「ダメですよ。わずかな金で転ぶような仲間を集めても」

と嘲笑うように言った。

その言葉で、今日来るはずだった三人が現れなかった本当の理由を知った。

――買収したんだ……。けど、どうして協力者の存在がバレてしまったんだろう。

やっぱり山王丸が寝返ったの？　お願い、そこまでのクズ野郎ではない、って、誰か言

ってください！

頭を抱える私の横で、西野が萌絵を見下すような目で見ていた。

「倉科さん。今日、藤岡社長が納得するような謝罪ができなかったら、あなたを名誉棄損で訴えます。慰謝料は五千万です。これだけの大企業の社長を根も葉もない話でディスったんですから安い方です」

と、小ばかにするような笑い声を残し、西野は私たちより先にエレベーターに乗っていった。

「五千万……」

青ざめた萌絵が小さな声でつぶやいた。

「萌絵。今は何も考えないで。会場にいる社員を味方につけることだけ考えよ。百人もいれば、藤岡に不信感を持ってたり、違和感を覚えたりしてる社員もきっといるよ」

「う、うん……」

萌絵が明らかに動揺しているのがわかった。

頼みにしていた仲間三人が来ない上に、一生をかけて払わなければならないような巨額の慰謝料を提示されたのだ。

私はふらつく萌絵を支えながら隣のエレベーターに乗り、最上階である十三階で降りた。

会見場に入る前はいつも緊張する。

けど、今、足が震えているのは、萌絵のために絶対に失敗できない、と強く思っているからだろう。しかも、期待していた証拠品が提示できず、優位だと思っていた立場が逆転してしまった不安がある。

——いや。弱気になっちゃダメ。萌絵はもっと不安なんだから。

顔を上げ、背筋を伸ばして会場に入った。私の後に萌絵と二宮さんが続く。

ホールの前にしつらえられたステージに上がるのは高校の合唱コンクール以来だ。

パイプ椅子が並べられた会場には、既にスーツ姿の男女が着席している。たぶん、百人以上。

その最前列の中央には三脚で固定されたビデオカメラが設置されている。謝罪の様子を証拠として記録するつもりなのだろう。録画した映像はどんな用途に使われるのか、わかったものではない。

——ここで屈したら、萌絵の一生の汚点になってしまう。

カメラの横に藤岡社長と西野弁護士が陣取っていた。

藤岡はネットで見た印象と変わらない、これといった特徴のない顔をした中肉中背の男だ。隣に座っている元アメリカ大統領似の西野の方が遥かに存在感があり、目立っている。

まず、私が用意されているスタンドマイクの前に立ち、萌絵と二宮さんは壇上のパイプ椅子に座った。

会場がざわめいた。萌絵がひとり現れるはずが、入ってきたのが三人だったからだろうか。社員同士で囁き合っている。

誰ひとり味方に見えない。藤岡テクノの社員バッジをつけている目の前の百人が全員、敵に見えた。

——あ……。

身震いしながらマイクの前に立った時、会場の一番後ろに山王丸が立っているのが見えた。サングラスにダークスーツ。その長身を見るだけで緊張する。

——みっともない進行はできない。

圧力をかけるかのようにビデオカメラの横に陣取っている藤岡社長と西野弁護士を睨みながら宣言した。

「ではこれより、藤岡社長に関するインターネット報道につきまして、倉科萌絵さん、二宮惟子さん、両元社員によります釈明をさせていただきます。私は倉科萌絵さんの友人で篠原光希と申します。よろしくお願いします」——

会場がさらにざわついた。

「釈明？」

「謝罪だと聞いてきたんだけど」

「友だちって何？」

「代理人か？」

「弁護士には見えないけど」

私は会場の疑問に答えるため口を開いた。

「私は、ここにいる倉科萌絵さんの高校時代の同級生です。彼女は私に、藤岡社長から受けたパワハラ被害を改めて訴えたいと言いました。彼女が誇り高く真っすぐな人であることはクラスメイトだった私が一番よく知っています。だから、彼女に協力することにしました。皆さんから見たら私は全くの部外者かもしれませんが、彼女を助けたい一心で、そして彼女を信じてここに立っています」

私がそう言うと、会場がどよめいた。

「つまり、謝りに来たんじゃないのか」

「藤岡社長は今回のことは和解金目当てとか、フラレた腹いせとか言ってなかったか？」

「どうなってんだ、いったい」

社員たちの動揺を、

「まあまあ」

と、立ちあがってなだめたのは意外にも藤岡社長自身だった。

「いいじゃないですか。聞きましょうよ、あちらの言い分を」

自信満々な顔をして寛大な態度を見せる。逆に不気味だ。

「では、続けさせていただきます。まず……」

私の言葉が終わらないうちに、二宮さんが立ちあがった。

――あれ？　打ち合わせと違う。

最初は萌絵が被害を訴えるはずだったのに。

「すみません……！　私、やっぱり嘘はつけません……！」

いきなり立ちあがった二宮さんが打ち合わせと全く違うことを言い出した。

「え？　二宮さん？　あなた、いったい何を言って……」

口を挟んだ私のことなど無視し、彼女は続けた。

「私、藤岡社長のことが好きでした……。学生時代は女優志望だったぐらい、容姿にも自信がありました。なのに、愛妻家の藤岡社長は私のことを女性として見てくれなかった……」

二宮さんは目を潤ませて訴えた。

――誰？　この人、誰？　あのカッコいい二宮さんはどこへ行ってしまったの？

愕然とする私の前で二宮さんは泣き崩れた。

「ごめんなさい……。私、どうしても藤岡社長に振り向いてほしかったんです……。こんなことして……ごめんなさい……ううぅ」

何がなんだかわからなくなった。

「ちょっ……。二宮さん！　しっかりしてください！　どうしたんですか、いったい！」

床にうずくまった二宮さんの肩を揺すったが、泣いているばかりで会話にならない。

「なんだ、やっぱり謝りに来たんじゃないか」

場内でそんな声が上がった。

「す、すみません！　ちょっと休憩を……！」

「時間がないので続けてください」

西野弁護士が腕時計を見ながら強い口調で言う。

その時、私は気づいた。泣いているはずの二宮さんの口許が笑っていることに……。

——嘘……。二宮さん、裏切ったの？

いや、違う。この人は、もっと前から藤岡側についていたのかもしれない。

人事部から入手したという退職者のリストを作ってきたのは二宮さんだ。

もしかして、来てくれるはずだった三人が今日になってドタキャンしたのも、二宮さんが藤岡にリークして金を渡したせいに違いない。

——二宮さんは藤岡のスパイだったんだ。そう言えばこちらから声をかけた時、彼女は藤岡社長から慰謝料をふんだくりたいと言っていた。確実に大金を得られると踏んで藤岡らを見ている。

とつながったのだろう。

絶望的な気持ちになりながら、山王丸を見る。が、彼は微動だにせず、真っすぐにこち

そうだ。私だって山王丸総合研究所の一員だ。しっかりしなくては。私のせいで無敗記録に黒星をつけるわけにはいかない。

なんとか気持ちを立て直して二宮さんを無視し、萌絵の傍に行った。

「萌絵。証言できる?」

萌絵は震えながらブルブルと首を横に振る。

「無理……。私も謝る、二宮さんと一緒に……」

「ダメよ!」

フラフラ立ちあがる萌絵の腕を引いた。

「光希。私、怖いの。もう、誰のことも信じられない」

「私のことも?」

そう尋ねながら、萌絵の目をじっと見つめた。

「光希のことは……信じてるけど……」

萌絵は苦しそうな表情をして睫毛を伏せ、涙を流した。頼りにしていた被害者たちには裏切られ、失敗すれば五千万の訴訟を起こされてしまう。絶望するのは当然だ。

「どうしたんですか？　続けてください？」

腕組みをしている藤岡が急かすように言う。その顔は笑っていた。

「萌絵。私を見て。私のこと、信じて。言うべきこと、ちゃんと言おう」

小刻みに震えている萌絵の手を握った。

萌絵はようやく、うん、と涙ながらにうなずいた。そして、震える足で、マイクの前に歩いて行った。

「私……。藤岡社長にパワハラされてました……。本当です。信じてください……」

萌絵は声を詰まらせながらも、これまでの藤岡社長の仕打ちを必死で訴えた。

「あなたひとりが訴えてもねぇ」

と、西野が藤岡に笑いかける。

その時、床に伏せていた二宮さんが顔を上げ、叫んだ。

「この人、嘘をついてます！　お金目当てです。藤岡社長はそんな人じゃありません！」

二宮さんに指さされ、萌絵はまた震え始めた。人間不信に陥っている萌絵に、これ以上のダメージを与えるのは危険だ。

――これ以上続けたら、萌絵の心が壊れちゃう。どうしよう。彼女の精神を守るためにはやっぱり謝るしかないの？　こんなクソ野郎に。

私の心も折れそうになった時、山王丸が右耳のあたりを押さえ、私たちに背を向けた。

インカムで何か連絡が入ったのか、彼は会場の後ろのドアを引く。

――まさか、帰っちゃうの？　この状況で私を放置して？

思わぬピンチに依存心が芽生え、泣きそうになった。

が、ホールを出ていく山王丸と入れ替わるように、スーツを着た氷室が入ってきた。

その後に十人ほどの女性たちが続いている。

――あれは……。

氷室に率いられるようにして会場に入り、ステージに上がってくる女性たちの中に見覚えのある顔があった。そのお腹はふっくらと大きい。

「田野倉さん……」

一度は協力を断った田野倉さんがどうしてここにいるのかわからない。そんな私の疑問に答えるように、横に立った彼女が小声で言った。

「あなたが訪ねてきてくれた後、色々考えたの。このままじゃ、生まれてくる子供に、自分が働いてた会社のことを笑って話せないな、って。それで、知ってる元同僚に声をかけてみたら、こんなに集まっちゃって」

「嘘……」

これは田野倉さんの人徳だろう。

「萌絵ちゃん、ごめんね」

田野倉さんに背中を撫でられて萌絵はようやく泣きやんだ。

「先輩……。私……」

「萌絵ちゃん、ひとりで辛かったね」

藤岡は元部下たちが集結しているのを見て明らかに狼狽《ろうばい》している。

ようやく余裕をとり戻すことができた私は、西野弁護士がステージ上のひとりを凝視していることに気づいた。

「ひ、氷室……！」

西野弁護士の唇が確かにそう動いた。頬をヒクつかせながら。

「え？　知り合い？」

「かつて僕をクビにした事務所のトップです」

氷室が飄々と答える。

「は？　西野弁護士が氷室さんの元雇い主？」

なんとなく西野の方が格上のような気がしてまた不安になった。

が、急に落ち着きをなくし、ソワソワし始めたのは西野の方だ。

氷室の方は臆《おく》する様子もなく、

「田野倉さんが集めてくれた女性たちからばっちり証言がとれました。心療内科の診断書や暴言の日時とメモを持ってる人からは証拠として提出してもらってます」

と、藤岡を訴える準備ができていることを報告してくれた。

「さすが仕事が早いですね」

なんとかなるかもしれない、と力が湧いてくる。

私はもう一度マイクを握った。

「ここにいるのは藤岡社長によって辞職に追いこまれた被害者たちです。藤岡社長、どうしてそんなパワハラ行為をしたんですか？」

私の質問に、藤岡社長は顔を赤くして言い返した。

「そんなのは言いがかりだ。仕事ができないからちょっと強く指導しただけだ。指導に耐えられないような社員はうちの会社には必要ない」

その暴言には、その場にいた社員の中からもブーイングが起きた。

「社長って、そんな考え方なの？」

「それが本当なら、俺、ついていけねーわ」

明らかに潮目が変わってきているのを感じ、私はさらに強く追及した。

「藤岡社長。萌絵ひとりの証言なら言いがかりだの逆恨《さかうら》みだのって、もみ消せたかもしれませんけど、訴えているのは萌絵以外に十人ですよ？　しかも、皆さん若くて美人で高学歴です。これって、単なる偶然でしょうか？」

「そ、それは……」

藤岡が社員たちの目を気にするように視線を泳がせる。

「今日のことはニュースになるかもしれませんね。そうなれば、あなたのやったパワハラがここにいる社員百人にだけでなく、世間に知れ渡ってしまいますよ?」

藤岡が隣の席にいる西野にすがりつく。

「先生! ど、どうすれば!」

西野は返事に窮している。私が代わりに答えてやった。

「ここで全員に謝って慰謝料を払うか、ここにいる女性全員からの集団訴訟を受けて立つか、どうしますか?」

「に、西野先生。訴訟になっても勝てるんですよね?」

西野は黙って首を横に振った。

「無理ですよ。こんなに大勢の被害者が集まるなんて、私は聞いてませんでしたから。しかも、相手が氷室だなんて聞いてない」

「あの男はそんなに優秀なんですか?」

「それ以前の問題だ」

西野が吐き捨てるように言う。

「あの男はわざわざクライアントの二重帳簿を暴《あば》くようなことをしたり、わずかなコンプライアンス違反をいちいち指摘したり。客の苦情で解雇した翌日から、『どうして自分がクビになったのか教えろ』としつこくつきまとってきて……。どう説明しても納得せず、通勤経路を変えても、引っ越ししても、あらゆる場所で待ち伏せしていた。暴力を振るうわけでも脅すわけでもなく、理由を聞いているだけ、というスタンスだから警察に相談しても民事不介入としてとり合われない」

氷室が解雇理由に納得するのに一年かかり、やっと姿を見せなくなった、と西野が藤岡に説明した。

「アイツはそういう男だ」

恐ろしいものを見るような目で氷室を一瞥し、西野が席を立つ。

——氷室よ、君はいったい、どんな部下だったの？

その時初めて、自分がフラレた側でよかった、と胸を撫でおろした。

フッた理由を一年がかりで納得させるなんて、私には無理だ。

「に、西野先生！　待ってください！」

ひとり残された藤岡社長はおどおどと周囲の社員たちの顔を見回している。藤岡が厳選したのであろう社員たちの目は不信感に満ちているように見えた。

「違う。誤解だ」

まだ言い訳しようとする姑息《こそく》な態度には嫌悪感しかない。

思わずマイクを摑み、藤岡に聞いた。

「藤岡さん。あなたに反省はないんですか？　あなたは私情だけで、ここにいる女性たちにパワハラを働きました。大企業のトップとして恥ずかしいと思いませんか？」

社員たちの目が藤岡に注がれている。

「わ、悪かった……。謝る！　謝るから、もうやめてくれ」

さすがにこの場で学歴や容姿へのコンプレックスからパワハラを働いていたことを知られたくはないだろう。

よろよろ立ちあがった藤岡社長がステージの下まで歩いてきて、項垂れるように頭を下げた。

「皆さんに不快な思いをさせて、大変、申し訳ございませんでした」

藤岡の敗北宣言とも言える謝罪と同時に二宮さんは床に泣き崩れた恰好のまま、ズルズルと這ってステージの奥へ引っ込み、一目散に逃げて行った。

表情にも声にも力がなくなった藤岡社長は、百人余りの社員の前で誓った。

「二度とパワハラ行為はしません。そして、私のせいで辞職された皆さんには誠意をもって償《つぐな》います」

これだけの社員たちの前で宣言したのだから、反故《ほご》にすることはないだろう。

ステージ上に集結した女性たちは「わっ！」と歓声を上げ、私と萌絵は抱き合って泣いた。

第4章　上級国民のDNA

1

その日、事務所で休憩時間に読んだ雑誌は私を大いに失望させた。

それはお気に入りのファッション雑誌で、毎月、旬《しゅん》の女性を特集したコーナーが掲載されている。

今月は長い下積みの後、今はバイプレイヤーとして活躍中の舞台女優がとりあげられていた。六十代になってから注目されるようになった女性らしい。

「あれ？　この人って……」

その名バイプレイヤーの顔に見覚えがある。

「さ、山王丸彩子？」

介護施設で見た山王丸の母親にそっくりだ。

しかも、あの時に着ていたのと同じスカートをはいている写真もあった。

まさか、私があの記事を見て尾行することまで想定して、舞台女優を雇って私を騙したの？

なんとなく、雑誌から目を上げて氷室の方を見た。すると彼はよそよそしく視線を逸らす。ふと、以前に聞いた氷室の声が鼓膜に甦る。

『光希さん。先生のプライベートにはあまり踏みこまない方がいいですよ』

私が山王丸の母親が入居している介護施設を偵察に行く可能性があることを報告したのに違いない。そんなこととも知らず、私はふたりの姿に親子の情愛を感じ、目頭を熱くしてしまった。

——信じられない。そんなにリフォームさせたくないの？

舞台女優を雇うのと事務所の改装費、どっちが高いのだろう。たぶん、改装費の方が高いからこんなことをしたんだろう。

——また騙された！

山王丸への不信感でいっぱいになりながら受付に座った。勢いに任せた荷重に椅子が悲鳴を上げたその時、氷室が言った。

「光希さん。先生が二階にコーヒーを運ぶようにと指示がありました」

「はーい。喜んで～」

謝罪コンサルのクライアントが来たとわかった途端、怒りが吹っ飛んだ。

早速、二階のキッチンでコーヒーをいれてミーティングルームに運ぼうとすると、扉の外に秘書らしき男性がひっそりと立っていた。呼吸さえ感じさせない。気配を殺すようにじっと俯いている。

きっと中では、秘書にも聞かれては困るような会話が繰り広げられているのだろう。

好奇心をくすぐられながらノックして中に入ると、どこか見覚えのある恰幅《かっぷく》のいい紳士が、ソファに背中をあずけていた。

クライアントは六十代半ばぐらいだろうか。ベテラン俳優のような風格のあるイケオジ風で、とても堂々としている。ヤクザ映画の組長役が似合いそうな、とにかく大物オーラを醸し出している男性だ。

「実は君に頼みがあってね」

大物らしき人物を前にしても、山王丸はいつものようにソファにふんぞり返り、どっちがクライアントなんだかわからないような態度ではあった。が、珍しいことに山王丸が、

「あなたのような方に頼っていただけて大変光栄です」

と、依頼者に対して丁重に礼を言った。

その慇懃な態度を見て、ハッと思い出した。

——この人、ホテル王の津川正行《つがわまさゆき》だ！

津川正行は日本中にホテルチェーンやレジャー施設を展開するラグジュアリーグループの会長だ。

いわゆる高額納税者で、趣味は転居。都内の気に入った場所に豪邸を建て、しばらくそこで生活し、飽きたら売却して別の土地へ移る。津川が転入してきた区の区長はわざわざ挨拶に来るという都市伝説があるほどだ。

だが、その言動は横柄で、しばしば世間の反感を買っている。

実直な経営で有名だった老舗《しにせ》旅館を二束三文で買いたたき、近未来的なホテルに建て替えてしまったり、ホテル建設の予定地にあったホームレスの人たちのブルーシートハウスを冷淡に撤去したり。

つい先日も一泊二日の定期健診のためだけに、満床だった病院の個室から重病の老人を追い出した件が物議を醸《かも》した。

津川会長が瞳に鋭さを残したまま、鷹揚《おうよう》に微笑んだ。

「いやあ、加納勇一《かのうゆういち》君の秘書が、君に任せれば間違いない、と言うもんで。ああ、加納家とは先代からの付き合いで、IR事業でうちのホテルとの提携を模索中なんだよ」

加納勇一は以前、贈収賄による炎上必至《ひっし》の案件を山王丸が食い止めた元衆議院議員だ。

——なるほど。大物は大物同士でつながっているわけだ。

金持ちがどんどん金持ちになっていく構図を垣間見たような気がした。

「津川会長の頼みとあれば、どのような案件でもお受けしますよ」

山王丸がこれまで一度も聞いたことのないようなリップサービスをする。

――やっぱり金で魂を売る男なんだな、この人は。

再燃する怒りを抑えつつ、センターテーブルにコーヒーを置く。

「実は、ちょっと、女から言いがかりをつけられていてね」

そう言いながら、津川が脇に置いているカバンから写真週刊誌のゲラらしきコピーを一枚、とり出してテーブルに置く。Ａ３横のモノクロ記事には写真が二枚。

一枚は高級クラブらしきボックス席でほっそりとした美しいホステスと談笑する若かりし日の津川会長。当時は四十代後半ぐらいだろうか、なかなかの男前だ。

二枚目はそのホステスがピンクの産着《うぶぎ》に包まれた赤ちゃんを抱いている写真。どちらもかなり古そうな写真だ。

「このホステスがこの写真の女児を私の娘だと言って電話をしてきたんだが、とりあわずにいたら、週刊誌に売ったようだ」

「ほう……。つまり、慰謝料の請求を？」

「いや。金ならいくらでもくれてやる。私はこれまで三十人以上の愛人を囲ってきたが一度も訴えられたり、ゴネられたりしたことはない。なぜなら、外で子供を作るようなミスは犯したことがないし、別れる時には必ず相手が納得する以上の手切れ……いや、慰労金を渡し、相手が自立できるだけの環境を整えてやってきたからだ」

言い換えれば、不倫を金で清算してきた最低の男だ。しかも、三十人以上の愛人を囲っていたと自慢げに語っている時点でもう、クズ野郎認定だ。

だが、山王丸はフムフムと感心したような顔でうなずいている。

「なるほど。つまり、この写真の女性の要求は金ではないということですか？」

山王丸の質問に、津川は忌々しそうな顔をした。

「この女の要求は娘の認知だ」

「認知？　この赤ん坊を抱いている写真もずいぶん古そうですが、今ごろになって認知ですか？」

「そうだ。今ごろになって、だ。妊娠がわかった時点か出産した直後ならわかる。だが、二十年近く経った今ごろになって、あなたの娘だ、と言われても信用できんだろう」

津川は憮然《ぶぜん》とした表情だ。

「つまり身に覚えがないと？」

「いや。身に覚えがないこともない」

――あるんかーいッ！

心の中で叫んでしまった私にはおかまいなく、山王丸が続ける。

「しかし、こんな記事、会長ならいくらでも握り潰せるのでは？」

「もちろんだ。だが、こういう醜聞の芽は徹底的につんでおかなければならんだろう？」

「つまり、わざと週刊誌に書かせておいて、相手を金目当ての詐欺師だと世間にさらし、完膚《かんぷ》なきまでに叩きのめす、ということですね？」

「そうだ。二度とこんなタレこみをする気を起こさないように」

ふたりはフフフと笑い合った。

――最低だ。

ひとしきり笑った後、山王丸が尋ねた。

「ですが、本当に会長のご落胤《らくいん》だったらどうされます？」

「今は困る」

なんだ、それ。『今は』の意味がわからない。

が、山王丸はそれ以上突っこんだ質問はしなかった。

「わかりました。会長がそうおっしゃるなら、ご落胤ではないということで進めましょう。では、謝罪ではなく、この記事を否定する場を設けるということで」

例によって何がわかったのか、私にはさっぱりわからない。ただ、ふたりの間ではすべてが通じ合った様子だ。彼らはニッコリと微笑みをかわし、津川が満足げな顔をして無言で右手を差し出し、その手を山王丸が黙って握り返した。ふたりとも左右の口角がぎゅっと持ちあがっている。

――鼻持ちならない悪者同士、気が合うようだ。

「記事が載るのは金曜日だ。翌日の土曜日の午後には会見できるようにしてくれ」

「承知しました」

そこまで聞いたタイミングでコーヒーを配り終えた私はミーティングルームを出た。外から扉に張りついて中の声を聞きたかった。が、例の華流ドラマに出てくる召使みたいな俯き秘書がいるのでそれもできない。

それにしても、あの記事が出たら炎上は間違いないだろう。何しろ、津川会長はその横柄な言動から『最低最悪の上級国民』というレッテルを貼られている。あの美人ホステスの産んだ娘が本物のご落胤だろうが偽者だろうが世論には関係ない。記事が出れば、大金持ちのくせに娘ひとり認知しない無責任な上級国民として叩かれるに違いない。私だって、批判的な意見がSNSに載ったら、うっかり『いいね！』してしまいそうだ。

炎上しても自業自得。だが、山王丸は津川に肩入れし、全力で鎮火するようだ。

――なんだかな。

不信感しかない。山王丸の母親の件で同情したり憤慨《ふんがい》したりと、翻弄されたせいだろう。

一階の事務所に戻って、ハア、と溜め息をついた私に、いつになく上機嫌で下りてきた山王丸が命じた。

「光希。この元ホステスのことを調べてこい」

渡されたのは一枚のカラー写真だった。あの週刊誌に載っていた白黒写真と同じ女性だ。これも二十年ぐらい前のものだろう。女性は胸元が大きく開いた紫のカクテルドレスを着て、色っぽく微笑んでいる。小枝のように細いのに胸は大きい。津川会長は金に物を言わせて、こういう女性たちとさんざん浮名を流してきたのだろう。それなら最後まで責任を持つべきだ。

「気が乗りません。この仕事」

「気が乗らないのはおまえが上級国民を理解できない下級国民だからだ」

「下級国民上等です。あんな上級国民には死んでもなりたくありません。上級でも下級でも人としてやっていいことと悪いことがあると思います」

「上級国民には上級国民の事情というものがある」

私は山王丸を睨んだ。

「わかりました。調べてみて、その上級国民の事情とやらに共感できるようなら協力します。納得できなかったら、私は降りさせてもらいます」

私がそう言い返すと、山王丸は意味ありげにフンと笑った。

「光希さん」

今度は氷室がプリントアウトしたばかりの紙を差し出し、

「女性の名前は小池真由美《こいけまゆみ》さん、四十六歳です。数日前にゴールデン街の『鬼が出るか屁が出るか』という名前の居酒屋で目撃されています。それが店の住所です」

とアバンギャルドな店名を恥ずかしげも抑揚もなくサラッと言ってのけた。

2

その夕方、地図アプリを頼りにゴールデン街の居酒屋を探した。新宿区で働いてはいるが、このあたりに来るのは初めてだ。狭い通りにごちゃごちゃと犇《ひし》めいているのは、スナックに純喫茶にバーに居酒屋。どこか懐かしい空気が漂っている。

通りを進んでいくと、軒先に汚い提灯《ちょうちん》を灯《とも》した、とりわけ古そうな居酒屋があった。入り口に壊れた看板が置いてある。

「ここね。鬼が出るか屁が出るか、っていう大衆居酒屋は」

入り口の引き戸は建てつけが悪く、開けようとした戸が途中で止まった。

「えい！　やぁ！」

ガシャン！

引き戸にはまっているガラスが全部割れたんじゃないかというほどの勢いで、店の入り口が開いた。だが、中にいる人たちは慣れているのか驚いた様子もない。

「いらっしゃ〜い」

コの字形になっているカウンターの向こうから前髪を掻きあげながら声をかけてきたのは、フレディ・マーキュリーに厚化粧を施したようなヒゲを生やしたオネエさんだった。地味な着物の上に白い割烹着《かっぽうぎ》を着ているが、広い肩幅と厚い胸板は隠せない。

——び、びっくりした……。

その迫力にドギマギしながら、どこに座ろうかと店の隅っこあたりに目をやる。

「お客さん、ラッキー。特等席が空いてるわよ。そこ、どうぞ」

ヒゲのママが指さしたのは大皿料理が並ぶカウンターのど真ん中だ。

「え？　あ、ど、どうも」

仕方なくママの正面に席をとって、少しネチャネチャするメニューに視線を落とす。

「じゃあ、レモンサワーください。あと、肉じゃがとアサリの酒蒸《さかむ》し、お願いします」

「は〜い」

とママが可愛くウインクし、年季の入ったコンロに火を入れた。

まだ時間が早いせいか客は私を入れて三人だけだ。

一番奥の席にいる中年男性は、熱燗《あつかん》をちびちびやりながらスルメを齧《かじ》っている。会社帰りなのかネクタイをゆるめていた。

もうひとりの客、椅子ひとつ開けて私の右手に座っている女性が、気怠《けだる》そうにジョッキを持ちあげた。底に梅干しがひとつ残っている。

「ママ。お代わり」

女性の方は六十歳ぐらいだろうか。黒いチュニックに色の褪《あ》せたスパッツ。体型はぽっちゃりを通り越し、肉付きのいい豊満な女性だ。彼女の髪は毛染めを繰り返してきたのか、潤《うるお》いがなくパサついている。そして疲れが滲む顔。ファンデーションが小皺《こじわ》に溜まっていた。

ふたりともいかにも常連という感じ。ただ、真由美さんらしき女性は見当たらない。なんとなくアウェイな空気の中、長丁場になるかもしれない。覚悟を決めてつきだしの小鉢に箸《はし》を伸ばした。ほうれん草の白和えだ。

「わ、美味しい……」

意外なほどママの手料理が美味しく、アルコールが進む。ふと気づくと、ヒゲママが私のことをじっと見ていた。微笑ましいものを見るように。そして、突然、

「あなた、上司に恵まれない顔してるわね」

と、踏みこんできた。

瞬時に山王丸の顔が頭に浮かんだ。

「え？　どうしてわかるんですかッ？」

ギョッとして箸が止まる。

「あ、ごめんなさいね。私、霊感っていうのかな、わかるのよ、そういうの、なんとなく」

「そうなんです！　最低の上司なんです！　誠実さの欠片《かけら》もない金の亡者なんです！」

テーブルを叩いて訴えると、隣で梅サワーを飲んでいる豊満な女性が、

「いるのよねえ、そういう男」

と、同調してくれた。

「でも、すごいところもあって……。このままその上司についていくべきなのか、本当にそれでいいのか日々迷ってて……」

「わかるー。能力とか魅力が皆無の男なら、さっさと気持ちも離れるんだけどさ」

「そうなんです！　とにかく人心掌握術に長《た》けてて、謝罪スキルがすごくて！　傍でもっと勉強したいというか、見てたいっていうか……。けど、間違いなくドケチのクソ野郎なんです」

「そうそう。私もそうだった。これ以上のめりこんだらヤバいってわかってたんだけど、唯一無二の存在だから代わりがきかなくて。ドケチのクソ野郎なのに」

女性がウンウンとうなずく。

「お姉さん！　私の気持ち、どうしてわかるんですかッ？」

思わず彼女の手を握ってしまった。すると、相手も強く私の手を握り返してきた。

「私もそういうクソ野郎にハマってた時期があるのよー。カリスマ性があって気前がよくて、私が見たことのない世界を見せてくれた……。なのに、娘ひとり認知してくれないなんて、ほんとドケチのクソ野郎だわ！」

「え？　娘？　認知？」

「ホテル王とかレジャー産業の神様とか呼ばれてるくせに、あんなケツの穴の小さい男だとは思わなかったわ」

「そ、それって……」

いっぺんに酔いが冷めた。唖然としている私を後目《しりめ》にヒゲのママが、

「真由美ちゃん、飲みすぎだってばぁ」

と愚痴《ぐち》の止まらない女性に水を差し出す。

——え？　真由美さん？　この人が？　津川会長の元愛人？　四十六歳？

どう見ても六十代半ばにしか見えないクマのプーさん似の女性が、約二十年前は小枝のように細かった美人ホステスさんだったとは。

——ヤバい。マルタイとの距離が一気に縮まってしまった。

それにしても……。

私は首をひねりながら、カウンターの下でこっそり写真と女性を見比べた。

——うーん……。全く、面影《おもかげ》がないんだけども。

困惑する私にはおかまいなく、真由美さんが「ねえ、聞いてる⁉」といきなり私の肩を摑んできた。

「は、はい。聞いてます、聞いてます。ぜひぜひ、もっと詳しくお聞かせください。ケツの穴の小さいホテル王とやらの話を」

真由美さんの勢いと変貌《へんぼう》ぶりに圧倒されながらも、これは千載一遇のチャンスだと取材モードに入る。

「あれは私が二十四の春だった……」

真由美さんがつぶやくように言って目を細めた。美しい桜の小枝のような過去の自分を思い出すかのように。

「他のホステスはみんな津川の気を引こうと必死だった。若くして成功した彼をチヤホヤして褒めそやして。けど、彼は私のタイプではなかったし、いい気になってるところも気に入らなくて、他のお客さんと同じように扱ってた」

そこが気に入られたのだと真由美さんは笑った。やはり、二十年以上前に津川会長が付き合っていた女性は彼女で間違いないようだ。

「本気で落としにかかってくる津川に戸惑ったわ。けど、私も徐々に彼の豪胆さに惹《ひ》かれるようになってしまったの」

「そうなんですね……。じゃあ、どうして別れてしまったんですか？」

「彼がお店を持たせてくれて二年ほど経った時……、子供ができたの」

「それなら猶更どうして？」

その時なら認知してくれたかもしれないのに……。

「彼の奥様に迷惑をかけたくなかったのよ」

「え？　津川会長の奥さん？」

「ええ。津川の奥様は本当によくできた方なの。津川が出資してくれたクラブのオープンの日に津川と一緒に来られて『津川のこと、よろしくお願いします』って私に挨拶された。けど、トイレの前ですれ違った奥様の目許は泣き腫らしたように赤くなってたの」

大組織のトップにして奔放な夫……。津川夫人の苦労は相当なものだったろう。

「津川夫妻の間には子供がいなかったから、私の妊娠を知ったら奥様がどれだけ辛い思いをされるか……。それを考えると言い出せなかったの」

「そんな……」

「若かったし、ひとりでなんとかなるだろうと思って。店を他人に譲って、そのお金を持って津川の前から消えた。彼は私が裏切ったと思ったでしょうね。自分が持たせたお店の権利を勝手に売って逃げたんだから。けど、彼が追いかけてくることもなかった。ちょっとショックだった。たぶん、心のどこかで彼が捜してくれることを期待してたのかな」

寂しげに笑った彼女はジョッキのお酒を飲み干した。

「けど、世の中は甘くないわよね。高校生の娘が医学部に行きたいって言い出して……。医学部専門の予備校のお金だけでもばかにならなくてね。第一志望の国立大学に合格できたとしても六年分の学費なんて、絶対に捻出《ねんしゅつ》できそうになくて。恥を忍んで津川に電話して相談したのよ。そしたら『俺の子じゃない』ってけんもほろろに切られた」

電話……。なるほど。津川会長が昔の写真を出してきたのは、真由美さんがここまでの変貌を遂げていたことを知らなかったからだろう。

――逆に、真由美さんがこの店に出没しているという情報をタレこんだ目撃者はすごいな。

思わず感心してしまった。

「ちゃんと話を聞かないなんて、ひどい男ですね。それで週刊誌にこの情報をリークしたんですか？」

そう尋ねると真由美さんはジョッキをドン、とカウンターに置いた。

「違う！　私じゃない！」

「え？　違うんですか？　じゃあ、いったい誰が……」

「それがわからないのよ。誰が私の情報を売ったのか……」

真由美さんが溜め息をついた時、店の入り口からヒョッコリと頭がのぞいた。女子高生らしき制服の女の子が店内をキョロキョロと見回している。

「やっぱり、ここにいたのね。お母さん、お酒、飲んじゃダメだって言ったでしょ。ほら、帰るよ！」

店内に入ってきて真由美さんの腕を引っ張るショートヘアの女の子は若き日の真由美さんにそっくりだ。ただ、真っすぐな細い鼻梁《びりょう》は津川会長のそれに似ている。

――これが、津川会長のご落胤……。

一目見ただけで、彼女が真由美さんと津川会長の娘だと確信した。

「美南《みなみ》ぃ～。ごめんねぇ、お母さん、また約束やぶっちゃって」

娘さんの名前は美南ちゃんというらしい。美南ちゃんは、「もう少し飲ませてよー」と不満を洩らしている真由美さんに肩を貸し、店から連れ出した。ふたりが出ていった後、

「あの子も苦労するわね……」

と、ママが溜め息交じりにつぶやいた。そして、ハッと何かを思い出したような顔をする。

「あら、しまった。お代をもらってないわ」

ママが困惑していると、奥で飲んでいた男性が「俺がおごるわ。彼女には伝えなくていいから」と真由美さんの分も払っていった。ここではよくあることなのか、ママも自然な感じで立て替えの飲み代を受けとる。

――どういう関係なんだろう……。店内にいる時は会話してなかったみたいだけど。

私は首を傾げながら、サラリーマンらしき男性の後ろ姿を見送った。

3

「というわけで、私は真由美さんの娘は間違いなく、津川会長のご落胤だと思います」

と、私は翌朝、出社と同時に山王丸に報告した。

「娘が本当に会長の子であるかどうかは問題じゃない」

「は？　そこが一番重要なポイントじゃないんですか？」

「クライアントが虚偽の言いがかりだと言えば、誰がなんと証言しようがそれは虚偽だ」

「はあ？　本気で言ってるんですか？」

「当たり前だ。慈善事業やってるわけじゃないぞ」

そんなヤクザの捨て台詞《ぜりふ》のような言葉を残し、山王丸はソファに横になった。

――やっぱりこんなのおかしいって。

その日は朝からずっともやもやしていた。

なのに、ソファに仰向けになったままスマホで誰かと喋っていた山王丸が、通話を切って起きあがり、

「光希。明日、津川会長が打ち合わせに来る」

と告げた。

「え？　また？」

「明日はおまえも同席しろ」

「は？　私もですか？」

「釈明会見の司会進行役をするのはおまえだ。打ち合わせに同席するのは当然だ」

「私はこの件について前向きな気持ちになれません。いや、むしろますます津川会長には共感できなくなっています」

「おまえはチョウチンアンコウに食われる小魚か」

山王丸が嘲《あざけ》るような口調で言い放った。

「チョ、チョウチンアンコウ？」

「目先のチラチラする光にばかり気をとられてその背後にいる巨大な深海魚そのものに気づいていない。つまり、おまえには全体が見えていない」

――わかりづらいわ！

目先の話をするのならゾウリムシでいいのではないか、と唇をかむ。

「くッ……。わかりましたよ。そこまでおっしゃるなら、打ち合わせに参加します。そして双方の話をきっちり聞いて、公正に判断します」

くやしさを噛み殺す私を見て、山王丸はフンと笑った。

「おまえは会長がいつどこで誰に謝罪すれば気がすむんだ？」

内心を見透かされたような気がした。

確かに私は、あの尊大な上級国民が大勢の記者やメディア視聴者の面前で『大変申し訳ありませんでした』と頭を下げている姿を見たいと思っている。

「それは……」

何も答えられなかった。低俗な自分に気づいたからだ。

そして、翌日。

とにかく中立的な立場で打ち合わせに臨もうと決意して入ったミーティングルーム。

が、ソファにふんぞり返っている津川会長を見るだけで、やはり嫌悪感が湧きあがる。

真由美さん母娘《おやこ》は困窮しているというのに、と。

――いや、先入観を捨てて冷静に話を聞かなくては。

ノートを出して山王丸の隣に座り、津川会長が言葉を発するのを待った。

「今朝、また真由美から電話があった」

「ほう。今度はなんと言ってきたんですか？」

山王丸がセンターテーブルの方に身を乗り出す。

「同じ話の繰り返しだ。娘を認知しろ、と」

あんなに罵倒していた津川会長にまた電話をかけるなんて、真由美さんはいよいよ切羽《せっぱ》詰《つ》まってきているのかもしれない。だが、私の口から、真由美さんが娘さんの学費や予備校代に困っている、とは言えない。

「あの……。真由美さんのお嬢さんは年齢的に進学する頃ですよね。一番お金がかかる時なのでは?」

私が控え目に意見を言うと、津川会長は眉間《みけん》に皺を寄せた。

「だから、金ならくれてやると言ったんだ。だが、認知だの後見人だのという話になれば、私が隠し子を認めたと周囲にも知られてしまうじゃないか」

つまり、自分のメンツを守ることしか考えていないということか。

「真由美に一度、会って話し合おうと言ってみたんだが、それは拒否された」

つまり、真由美さんは会長に会おうともせずに、娘さんの存在を認めてほしい、の一点張りのようだ。

「真由美さんは、どうしてそこまで認知にこだわるんでしょうか?」

ふと、疑問が口から零《こぼ》れた。

「私と妻の間には子供がいない。もし、真由美の子供が本物なら、私の財産の半分はその娘のものになる」

「つまり、真由美さんは財産目当てだっておっしゃるんですか？」

「他に何があるというんだ」

「けど……。真由美さんがそんな人だとは……」

彼女と面識があるような発言をしかけて、思わず口を閉ざす。

「真由美に限った話ではない。権利を主張すれば手に入るかもしれない数十億……、いや、数百億の遺産を拒む人間がどこにいる」

「それは……そうかもしれませんが」

「妻は彼女の実の弟の息子、つまり私の義理の甥《おい》っ子をとても可愛がっていてね。これがなかなか優秀な子なんだよ。つい先日、私はその甥っ子と養子縁組みをした。これはずっと苦労をかけてきた妻へのせめてもの償いだ。事業や資産はその甥っ子が引き継ぐことになっている。それなのに私と血縁のある子供がいたということになれば、事業や財産分与に影響が出る。慰謝料だの養育費だのといったレベルではなくなるんだ」

自分の都合だけで話を進める津川会長にムカムカしてきた。

「つまり、津川会長は自分が愛人に産ませた子供に、はした金ならくれてやるが、財産分与はしたくない、と？」

思わず嫌味満載で詰め寄ってしまった。

が、津川会長は歯牙《しが》にもかけない。

「当たり前だ。事業に公私混同は許されない。そもそも、娘が本物かどうかもわからない。もし、本当に私の娘だというのなら、なぜ話し合いの席に出てこないんだ？　電話の相手が本当に真由美かどうかすら確かめられないじゃないか」

うーん……。確かに一理ある……。これは電話で話すようなことじゃない。

津川会長が山王丸に向かって微笑んだ。

「それでは、先生。土曜日の釈明会見の段取り、よろしく頼みますよ」

はなから私など相手にしていないような態度で、津川会長は山王丸に握手を求めてから腰を上げる。

「お任せください」

山王丸の横顔に不敵な笑みが浮かんでいた。自信満々だ。

私は津川会長がいなくなった後で、山王丸に訴えた。

「私、やっぱり津川会長に共感できません」

「プロなら仕事に私情を挟むな」

「けど……」

納得がいかない私に山王丸が言い放つ。

「釈明会見の進行をおまえに任せる」

「はあ？　無理です！」

「できないんなら謝罪コンサルを辞めろ。一生、下の事務所で経営相談の受付でもやっとけ。お茶くみとしては使ってやる」

それだけは嫌だ。誰も幸せにならない、客を怒らせるだけの経営コンサルタントの受付業務なんて。

「わかりましたよ。やればいいんでしょ、やれば。けど、私情を挟まない会見なんて私にはできません。どうなっても知りませんからね」

脅してみたが、山王丸は冷たく笑い、そのままミーティングルームを出ていった。

――いいのね？　あんな自分のことしか考えてない上級国民の思いどおりになんてさせるもんですか。


その夕方もそそくさと事務所を出て、またゴールデン街の居酒屋へ向かった。

ガシャン。

今日は適度な力加減で入り口を開けることができた。

――いた……。

今日の真由美さんはペイズリー柄のチュニックを着て、ビールを飲んでいる。

「ママ。いつもの」

グラスをカウンターに返し、一昨日と同じ梅入りのジョッキを受けとっていた。

「あ、私も同じのください。それから……、ホッケときんぴらごぼう」

一昨夜と同じ席に陣取りながら注文した。

「あら、一昨日の彼女ね」

ヒゲのママがニッコリと微笑む。

「はい。お料理がとっても美味しかったので、また来ちゃいました」

「嬉しいッ」

うふ、とはにかむような可愛い笑顔を見せたヒゲママがお玉に手を伸ばす。

「私も、きんぴら、もらおうかな」

そう言って真由美さんがこちらを見た。私の反応をうかがうかのように。

「あなた、一昨夜もそこに座ってたよね？」

「え？　あ、はい」

「私、何か、失礼なことしなかった？　何か言った？」

自信なさそうな顔。たぶん、記憶が曖昧で、クソ野郎のことで意気投合したことなど覚えていない様子だ。

「い、いいえ。別に。吝嗇家《りんしょくか》の男たちについてちょっと意見交換したぐらいです」

婉曲《えんきょく》的に言ったつもりだったが、真由美さんは「え？」と短い声を上げて押し黙った。

「大金持ちなのに娘さんを認知してくれないホテル王の話をしてました」

「ああ、やっぱり！　私ったら、また見ず知らずの人につまらないことを……」

真由美さんが頭を抱える。

「つまらないことなんかじゃありません！　実の父親が娘の存在を認めて学費を援助するのは当然の義務ですよね？」

上級国民津川への怒りが一気に再燃した。

「そこまで言っちゃったんだ、私……」

真由美さんが髪の毛を掻きむしる。

「私、真由美さんの力になりたいんです」

「え？　どうして……」

「真由美さんが嘘をついてるとは思えないからです」

「信じてくれるのは嬉しいけど……」

今日はまだ素面《しらふ》らしい真由美さんは訝るような顔だ。

「実は……。私、謝罪コンサルタントの人間なんです」

「は？　謝罪コンサルタント？」

真由美さんがおうむ返しに聞き返す。当然だ。そんな職業があることなど、少し前まで私自身も知らなかったのだから。

山王丸総合研究所の名前は伏せて、津川会長が釈明会見の準備を進めていることを伝えた。

「けど、私、今度ばかりは上司に従うことができなくて」

「そっか……。あの人……。どうしても認知しないつもりなんだ……」

真由美さんはとても悲しそうな顔をした。

「真由美さん。釈明会見をされてしまったら、あなたが悪者になってしまいます。会見をさせないためにも面着で話し合うべきではないですか？」

「面着？　津川に会うってこと？　それはないわ」

真由美さんが顔の前で手を振った。

「え？　どうして？　こういうデリケートな話を電話でするべきではないでしょう？　会って話せば昔の気持ちも思い出して情が湧くことだって……」

「無理。会いたくない」

どんなに説得しても真由美さんは『会いたくない』と言って譲らない。そして、その理由も教えてくれない。

だが、敵は山王丸だ。どんなことをしてでも会長のスキャンダルをもみ消すに違いない。やはり、面着で話す以外に会長の気持ちを変える方法はないだろう。

——いったい、どうすれば……。

真由美さんの隣で頭を抱えた時、「お母さん！」と店の入り口で声がした。

「あ……。美南ちゃん……」

真由美さんの娘は私が名前を知っていることに少し驚いたような顔をしたが、すぐに母親の知人だと察したらしく小さく頭を下げた。

「もう！　お酒はダメだって言ってるでしょ！」

真由美さんを立たせようとする彼女の横顔が津川会長にも似ている。その鼻筋を見て、頭の中にひとつの作戦が閃いた。

「真由美さん！　美南ちゃんのDNA鑑定をやりましょう！」

「え？　DNA鑑定？」

「そうです。それさえあれば、いくら津川会長でも言い逃れはできません」

私がそう提案すると、なぜか美南ちゃんの顔が曇った。

とその時、カウンターの奥で飲んでいた男が立ちあがった。

「ママ。お金、ここに置いとくよ」

一昨日、真由美さんの代金を支払ったサラリーマン風の男だ。だが、男と真由美さんは挨拶すら交わさない。

不思議に思ったが、その時は真由美さんの手助けをすることしか頭になかった。

「DNA鑑定って、どうやったらいいの？」

真由美さんが私の手を摑んできた。

「あ、それは……えっと……。たぶん、髪の毛とかで……。いや、口の中の粘膜だっけ？　す、すみません。急な思いつきなもんで、よくわかっていません。でも、しかるべき機関で正式に証明する方法を調べてお知らせしますので、連絡先を教えてください」

「わかった。費用は認知されたら払うから。えっと……私のスマホの番号、何番だっけ？　てか、スマホ、どこ入れたっけ」

真由美さんがバッグの中を探り始める。

「あ、じゃあ、私の番号を……」

言いかけた私の言葉を遮るように、

「私に連絡ください。母につなぎます」

と、美南ちゃんが素早くメモをとり出し、自分の番号を書いて差し出した。

「じゃ、私たちはこれで。お母さん、帰るよ！」

美南ちゃんは真由美さんの腕を引っ張りあげるようにして席を立たせ、逃げるように店を出ていった。

——とにかく、土曜日の会見までにＤＮＡ鑑定の結果を用意しなきゃ。会見の日まで猶予はない。

その晩のうちにネットでＤＮＡ鑑定について調べた。

検体は口の中の粘膜をこすって採取する細胞、もしくは毛根のついている髪の毛、とある。

鑑定を請け負う民間業者は驚くほど沢山あることがわかった。費用は三万から数十万円程度と幅がある。なんとなく高い方が信頼性が高いような気もするが、正直、料金の違いがよくわからなかった。

津川会長に美南ちゃんが本当の娘だと認知させることができれば、費用の請求は可能だろう。だが、予備校代の捻出に苦労している真由美さんに払ってもらうのは忍びなく、かといって給料前にこの個人的な出費は痛い。

——とりあえず、この五万円の業者にするかな。

次の日、掃除をするふりをして津川会長が二度ほど訪れたミーティングルームに入った。ミーティングルームの掃除は週に一度。会長の訪問後、まだこの部屋は使われていない。

私は隠し持ってきたガムテープで、会長が座っていたソファをペタペタ撫でて、髪の毛を探した。

「あった！」

銀色の髪が数本あり、そのうちの一本には毛根らしきものがついている。その一本を慎重にガムテープから外し、ジッパーつきのポリ袋に入れた。

――よし。次は……。

その後、事務所で氷室とふたりきりになった時を狙って声をかけた。

「氷室さん」

と呼んだだけで、氷室が両肩をビクンと跳ねあげる。

「あの……。お願いがあるんですけど……」

左胸を押さえた氷室が「なんですか？」と微かな緊張感を漂わせた顔で聞く。

「そんな反応されると、とっても言いにくいんですけど……、ちょっとお金を貸していただけないでしょうか？」

「ああ、そんなことですか。いいですよ。百万とか二百万ならすぐに用意できますが、一千万単位になると少し時間がかかります」

さすが、趣味でチョモランマにアタックをかける男だ。自由になるお金をたんまり持っているらしい。なんだかＤＮＡ鑑定の費用が安いものに思えてきた。

「ほんの五万ほどでいいんです。給料日には返します」

「わかりました。すぐに借用書を作ります」

「は？　そんなの作らなくてもちゃんと返しますよ」

「いいえ。こういうのはきちんとしておかないと、後々の人間関係に支障が出るという統計があります。これも、実体験を織りこんでの統計です」

なんだか信用されていないような気がして失望したが、氷室は早速借用書を作り始めたらしく、ＰＣに何かインプットしながら、

「で、何に使うんですか？　その五万円」

と、尋ねてきた。

「それは……。言わないとダメですか？」

「ギャンブルに使うとかなら、お貸しできませんから」

「わかりました。けど、絶対に山王丸先生には内緒ですよ？」

「ええ。言いません」

聖書に手を置いて宣誓するアメリカ大統領のように小さく右手を上げる。

「津川会長とご落胤のＤＮＡ鑑定の費用です」

「それなら経費で落ちますよ？」

「いえ。山王丸先生の方針に反して、私の独断でやることなので」

そう打ち明けると、氷室は訝るような顔をした。

「変だな。先生も津川会長のＤＮＡ鑑定の準備をしていて、その費用を経費計上したところです」

「え？　山王丸先生も？　なんで……」

娘が本当に会長の子であるかどうかは問題じゃないと言っていたくせに、どうして調べ

ているんだろうか。もしかしたら、他の人間の検体を使って偽の鑑定書を捏造《ねつぞう》するつもりなのでは……。猜疑心が頭をもたげる。

「氷室さん。山王丸先生の頼んだ業者の鑑定料はいくらなんですか？」

「二十五万でした」

「に、二十五万？　わかりました。じゃあ、三十万貸してください！」

値段の問題ではないのかもしれないが、山王丸より高い業者に頼みたい衝動に駆られた。

「いいですよ。じゃ、三十万円、と」

氷室がプリントアウトした借用書に印鑑を押した。三十万円という自分の給料より高い借金が印刷されているのを見て手が震える。

――けど、今の真由美さんに三十万を払ってくれなんて、とても言えない。

美南ちゃんが認知されたら、真由美さんに鑑定費用を払ってもらおう。

絶対、津川会長に認知させないと、破産してしまう。

崖《がけ》っぷちに立たされた気分だった。

氷室から借金をした私は山王丸が依頼した業者よりも高い料金を謳《うた》っている業者を探し、ネットで依頼した。すると、その日のうちに鑑定業者のスタッフが検体採取キットを事務所に届けてくれた。相手も秘密厳守という状況に慣れているらしく、近くまで来たところで電話が入り、駅前のカフェで待ち合わせた。

「こちらが説明書です」

若い普通のサラリーマン風の男がマニュアルと小さな箱を差し出した。

箱の中に入っている綿棒で対象者の口の中の粘膜をこすって容器に入れる。採取が終わったらスタッフに連絡を入れて回収してもらい、二十四時間以内に結果が出るという。

とりあえず、ミーティングルームで採取した津川会長の銀髪を先に渡し、業者と別れた。

私は鑑定パッケージを受けとってすぐ、美南ちゃんに連絡した。本当は真由美さんの許可を得て、採取の時も同席してほしいと思ったのだが、今日は家にいない、と美南ちゃんは言う。

「じゃあ、キットだけでも渡したいので、今日の放課後とか会えますか？　採取はお母さんに立ち会ってもらって」

だが、美南ちゃんはどこか翳りのある声で、今日は他に予定があって、と答えた。

――彼女の学費や将来のためなのに、どうして他の予定を優先するんだろう。それに、声のトーンが暗い。なんだろう……。まさか、本当は津川会長の娘じゃなくて、それを本人が知ってるとか、そういうオチじゃないよね？

前向きとは思えない美南ちゃんの反応に、疑心暗鬼になってしまった。

「じゃあ、明日！　木曜日はどうですか？」

『明日の放課後ならなんとか……』

もうギリギリだが、仕方ない。


翌日、ソワソワしながら美南ちゃんの学校の近くで彼女の授業が終わるのを待った。

約束の時間ちょうどに現れた彼女は、ゴールデン街の居酒屋で会った時よりも顔色が悪く、心なしか表情が硬く見えた。

「美南ちゃん。何かあった？」

「いいえ、何も」

と、美南ちゃんが不自然なほどの早さで即答する。

「なら、いいんだけど……。えっと、土曜日の会見で親子関係を示す鑑定結果を津川会長に突きつけて、美南ちゃんを娘だと認めさせたいの」

私の話を聞いている美南ちゃんは浮かない顔だったが、私は説明を続けた。

「明後日の午前中には鑑定結果が手元にないと午後の会見に間に合わないので、もうギリギリなの。今ここで採取してくれたら、私が業者に持ちこんで、明日の夕方には結果をもらうことができるんだけどな」

「え？　こんなところで？　業者さんの住所を教えてください。家で採取して私が自分で持っていきます」

「でも……」

「じゃ。私、この後、まだ部活あるんで」

美南ちゃんはそう言って私の手からキット入りの箱を奪いとり、くるりと背中を向けた。

そのまま駆け出した彼女のプリーツスカートが揺れながら遠ざかるのを見ているしかなかった。

——美南ちゃん、どうしちゃったんだろ……。

だが、山王丸もＤＮＡ鑑定の準備を進めているということは、既に美南ちゃんの検体を入手したということなのだろうか？　それとも第三者を使って親子関係がないことをでっちあげるつもりなのだろうか？

山王丸が彼女に接触したかどうかだけ確認したかったが、とりつく島もない。

仕方ない。美南ちゃんが検体を採取して業者に持ちこんでくれることを信じるしかない。

三十万円の必要経費が返ってこなくなるかもしれないという恐怖におびえた。

4

そして迎えた会見前日。

朝、私はコンビニで津川会長の隠し子がスクープされている写真週刊誌を購入した。

「あ……。目線が入ってる」

一般人ということに配慮をしたのだろう。掲載されている写真は、津川会長が持参したものと少し違い、真由美さんの目許が太めの黒い帯で隠されている。赤ちゃんだった頃の美南ちゃんの顔もわからない角度から撮られたものが使われていた。

が、彼女が働いていた高級クラブの名前や服装や当時の体型から、真由美さんを知る人にはバレてしまうだろう。

——微妙だ……。けど、彼女は正当な権利を主張しているのだから、他人にとやかく言われる筋合いはないはず。

そう思いながら、次のページをめくった。

「これは……！」

そこには真由美さんが複数の男性と一緒に写っている写真。もちろん、こちらも全員の顔に目線が入ってはいるが、津川会長と別れた後の真由美さんの奔放な男性遍歴が書き連ねてある。あたかも、彼女の娘が、その中の誰の子かわからないと主張するかのように。

ネットでも津川会長の元愛人が遺産目当てに娘を仕立てあげたという臆測が飛び交い始めた。

——ひどい！

走って事務所に駆けこんだ。

「先生！」

怒鳴ったが、山王丸はいつものようにソファに仰向けになったまま。こちらを見ようともしない。

「この記事、先生が書かせたんですよね」

「それがどうした」

山王丸はクッションを胸に抱えたまま、

「真由美の男性遍歴は事実だ」

と吐き捨てるように言う。

「けど、美南ちゃんは津川会長の娘です！」

「証明できるのか？」

「あ、明日の午前中にはDNA鑑定の証明書が届くはずです……たぶん……」

昨日の美南ちゃんのどこかよそよそしい態度を思い出すと不安になる。

居ても立ってもいられなくなって事務所の外へ出て美南ちゃんに連絡を入れた。

「美南ちゃん。鑑定書、届いたかな？」

知らず知らず早口になる。

『今、手元にあります。学校があるので、明日、会見が始まる前に会場へ届けます』

「そ、そうなんだ。わかった。じゃあ、臨海ラグジュアリーホテルのロビーで待ってるから」

どこか他人事《ひとごと》なトーンで話す美南ちゃんに一抹の不安を覚えながらも、会見が行われるホテルの名前と待ち合わせ場所を伝えた。

「氷室さん、ちょっと……」

事務所の扉を薄く開け、手招きして氷室を外へ呼び出す。

「なんですか？」

事務所から出てきた氷室がきょとんと聞き返す。

「山王丸先生が依頼した業者のＤＮＡ鑑定書ってもう届いてるんですか？」

「いいえ。キャンセルされたようです」

「は？　どうして？」

氷室は首を傾げた。

「さあ……。たぶん、光希さんがＤＮＡ鑑定を依頼していることに気づいたからじゃないですか？」

「は？　私、ＤＮＡ鑑定の話は氷室さんにしかしてませんよ？　まさか、氷室さん、私を裏切ったんですか？」

「いや。僕は言ってませんよ。ただ、デスクに置きっぱなしにしていた借用書を見られてしまったかもしれません。摘要欄に鑑定料と書いていたので」

「はあ？　それってチクったも同然じゃないですか！　信じられない！　氷室さんが私より山王丸先生を選ぶなんて！」

「いや、そんなつもりは……。本当にうっかり……」

言い訳を続ける氷室をそこに放置して私は事務所に戻った。

受付に座り、鏡越しに見た山王丸は相変わらず寝ている。不気味だ。

山王丸にこっちの手の内を知られてしまった。津川会長を守ることしか頭にない山王丸はいったいどう動くつもりだろうか……。

座っていても心がざわざわして、じっとしていられない。

たったひとつの作戦を山王丸に知られたことがわかった今、もはや不安しかない。

——私の借金三十万円は回収できるんだろうか……、じゃなくて、真由美さん母娘を救うことができるんだろうか？

不安に駆られ、事務所を飛び出したところで、入り口の脇に体育座りして膝を抱えている氷室を発見した。

「わっ。ひ、氷室さん⁉」

私が責めたせいで傷ついてしまったのだろうか。その怒られた小学生みたいな姿がとても哀《あわ》れに見えた。

「す、すみません。言いすぎました。誰にでもミスはあると思います」

相手が氷室だけに書類の放置がミスだとは信じがたい。山王丸への忠誠心による故意である疑惑は拭えないが、なんとなく申し訳ない気持ちになって謝った。

するとと氷室はすっくと立ちあがり、

「ですよね」

と軽く言って、さっさと事務所に入ってしまった。

なんだかな。

が、今は電子回路脳の男にかまっていられない。

そして迎えた会見当日である土曜日。

津川会長が経営する港区の臨海ラグジュアリーホテルへ向かった。

途中、駅のホームから美南ちゃんに電話を入れた。

「あ。美南ちゃん。鑑定結果は？」

すると『ちょっと予備校に授業の登録をしに行かないといけなくなったので、終わり次第、ホテルへ持っていきます』という返事だった。

「あ、もしよかったら私が……」

とりに行く、と言いかけたのだが、通話を切られてしまった。どこの予備校なのか聞く暇もなかった。

会見まであと二時間。

――なんだろう。この感じ……。全然、勝てる気がしない。いや。こんな弱気で会見に臨んじゃダメだ。

私は自分の気持ちを奮い立たせるために会場の下見をすることにした。

三階にあるバンケットホールには、既に記者用の椅子が沢山並べられている。その前方に新郎新婦が座るようなひな壇。あそこに立って司会進行しなくてはならないのだ。

私は一番後ろの席に座って、今日のために氷室が書いた進行表を眺めた。

たぶん、津川会長は自分の身の潔白と真由美さんが虚偽を言っていると主張するだろう。私はそれをひっくり返すのだ。津川会長と美南ちゃんの親子関係を証明するＤＮＡ鑑定書を公表して。けど、まだ鑑定書は手元にない。いや、美南ちゃんは会見が始まる前に持ってきてくれるよね？　自分の将来のためなんだから。

津川会長の釈明をきっちり聞いた後で、どうだ、と親子関係を証明する鑑定書を突きつけるイメージトレーニングをした。

それでもざわつく心を鎮めるため、会場内をウロウロ歩き回る。

そうして立ったり座ったりしているうちに、バンケットホールの入り口から記者たちが入ってき始めた。

会見スタートの一時間前だ。

私はロビーに下りて美南ちゃんの到着を待った。

——まずい。あと、三十分ほどで会見が始まってしまう。

会見の十五分前になっても美南ちゃんはロビーに現れなかった。

思わずホテルのエントランスまで出て美南ちゃんを待っていると、一台のタクシーが車寄せに滑りこんできた。

「せ、先生……？」

ドアマンが開けた後部座席から山王丸が降りてくる。今日は来るとも来ないとも言っていなかった。津川会長の件で対立し、険悪ムードの中、会話が乏《とぼ》しかった。

「小池美南から預かってきた」

そう言って山王丸が私に封筒を差し出した。

「これって……」

見覚えのあるＤＮＡ鑑定業者のロゴ。

「どうして美南ちゃんが先生に……」

「早く行け。会見が始まるぞ」

鑑定書が入っていると思われる封筒を受けとり、走ってエレベーターホールへ向かった。

エレベーターでバンケットホールのある三階に上がるまでの間も、この不可解な状況に嫌な予感が止まらない。

どうして美南ちゃんが山王丸に封筒を預けたのか。

「遅いじゃないか」

会場の入り口に高級そうなスーツを着た津川が待っていた。

「すみません」

「さっさと終わらせよう」

待たされることがないのか、不機嫌だ。

「は、はい」

封筒の中を確認する暇もなく、手に持ったまま会場へ入った。

カシャカシャカシャ。カメラの連写音とどよめき。そして、眩しいフラッシュの洪水。

この異様な興奮に満ちた会場は何度経験しても慣れない。

「大変、お待たせいたしました。これより……」

ステージの端にあるスタンドマイクの前に立って頭を下げた直後、記者席の最前列にいる男を見て絶句してしまった。

――あの男……。ゴールデン街の居酒屋で真由美さんの飲み代を立て替えていたサラリーマン風の男だ……。まさか、あの男が常連である真由美さんの愚痴を聞いてスクープしたんだろうか？

真由美さんの様子からして、酔っぱらったら津川とのことを相手かまわず喋っていてもおかしくない。同じ雑誌に真由美さんを中傷する記事が載っていたことから推察すると、この記者が山王丸とつながっている可能性もある。

私が記者のひとりを凝視したまま黙ってしまったせいか、津川が急かすような咳払いをひとつした。私は慌てて口を開いた。

「これより、写真週刊誌に掲載されました記事についての釈明会見を始めさせていただきます。では津川会長からお願いします」

既にステージ中央の演台の前に立っている津川会長が「オホン」とマイクの音を確認するみたいにひとつ咳をした。

「えー。今回、私に隠し子がいるという報道がされた件ですが、これは全くの事実無根、虚偽の言いがかりであります」

きっぱりと事実関係を否定する津川会長に対し、居酒屋で情報を盗んでいたらしい記者

んですか？」

が右手を挙げた。

「若い頃は色々と夜の武勇伝があったようですが、どうして我が子ではないと言いきれるんですか？」

居酒屋で拾ったネタを記事にしたことは褒められないが、津川会長に鋭く斬《き》りこむ様子は心強い。

「私は電話で連絡してきた女性に会って話そうと言いました。だが、本人はそれを拒否した。娘の存在が事実なら会って話し合うべきじゃないですか？　私の不信感は当然でしょう。そもそも、子供ができたならなぜその時に打ち明けないのか。彼女は妊娠を打ち明けるどころか、私が買い与えた店の権利を売って姿を晦《くら》ましたんですよ？　そんな女の言うことを誰が信じられるんですか？」

津川会長が居丈高《いたけだか》に言い放つ。その言葉の中には真由美さんへの怒りが含まれているような気がした。

「一〇〇パーセント、私の子ではない」

言いきった津川会長に、私は「本当にそう言いきれるんですか？　ここに証拠があるんですけど」と封筒を示した。

会場がどよめいた。

「え？　進行役がなぜ？」

「これって会長側が仕切ってる会見じゃないのか?」

「あの進行役の立ち位置がわからない」

ざわめく記者たちの前で、私はずっと手にしていた封筒の上部をちぎって開封した。

「これは写真の女性が抱っこしている赤ちゃんと津川会長の親子関係をしかるべき業者が鑑定した結果です」

「ほう……」

津川会長が不敵な表情を浮かべ、鋭い眼光で私を見る。封筒から鑑定書をとり出す手が震えた。

「これが証拠です!」

どうだ! と、ばかりに津川会長の方に証明書を突き出した。記者たちが席を立って用紙をのぞきこむ。が、次の瞬間、気色ばんでいた記者たちの顔が落胆の色を滲ませた。

「なんだ……。やっぱり娘は偽者かよ」

「親子関係ナシか」

記者たちが席に戻り、帰り支度を始める。

「え?」

私は自分が突き出した証明書をまじまじと眺めた。

最初に目に飛びこんできたのは血液検査の結果のようなマトリックス。遺伝子座という項目の下にアルファベットや数字が並び、その横の欄に美南ちゃん、津川会長の名前と関係指数という欄がある。どの数字だとどうなのか、よくわからない。

ただ、マトリックスの下に記述されている一文に衝撃を受けた。

『複合遺伝システムで解析の結果、津川正行と小池美南に父性由来すべきDNAが存在しないため、生物学的な父親ではありません。総合親子指数はゼロ』

——嘘……。

私はその場にヘナヘナと座りこんでしまった。

——これって、どういう陰謀なの？　まさか、山王丸が偽物とすり替えたの？　それとも、真由美さんが嘘をついてるの？

立ちあがる気力もない私を無視し、津川会長がまだ残っている記者たちに向かって続けた。

「だが、私がこの娘さんの母親とかつて交際していたのは事実だ。彼女が私の遺産を狙ったのも事情があってのことだろう。これも何かの縁と思って、娘さんを援助しようと思う」

その言い方は『学費ぐらいは恵んでやろう』と言わんばかりの尊大なトーンだった。が、それを津川会長の男気ととったのか、記者たちの間から拍手が起こった。

結局、会長は株を上げ、真由美さんは遺産目当てに会長を脅した悪女になってしまった。

——どうしてこんなことに……。

呆然《ぼうぜん》と座りこんだまま、フラッシュを浴びる上級国民の笑顔を見つめていた。

津川会長は満足げに会場を後にし、記者たちもいなくなった。

——やっぱりおかしい。

真由美さんが嘘をついているとは思えない。山王丸が鑑定書をすり替えたとしか思えない。津川会長を守るために。

急いで津川会長を追ってロビーへ下りた時、ハイヤーに乗りこもうとしている会長を柱の陰から見ている真由美さんの姿を見つけた。

「真由美さん。ごめんなさい。お役に立てなくて」

声をかけると真由美さんがハッと振り返る。

「光希さん……。いいのよ、もう」

その顔は落胆しているように見える。

「けど、私、あの鑑定書が正しいとはどうしても思えないんです。もう一回……」

「いいの。本当に、もう……」

言葉を詰まらせた真由美さんが「ううっ」と呻いてお腹のあたりを押さえ、前のめりに崩れた。

「え⁉　真由美さん？　どうしたんですか⁉　誰か！　誰か、救急車を！」

突然、女性が倒れ、私が大声を出したせいでホテルの中が大騒ぎになった。

「真由美さん！　真由美さん！」

彼女の肩を揺すり、名前を連呼する私の前にグレーのスラックスの男性が立っていた。

「津川会長……」

騒ぎを聞きつけてロビーに戻ってきたのだろうか、会長は私のすぐ傍に倒れている真由美さんを見て、「真由美？」と首を傾げるようにして呼んだ。彼女が本当に自分が交際していた美人ホステスなのか確信が持てないようだ。それについては責められない。

それでも津川会長は彼女を抱き起こし、「真由美。しっかりしろ」と声をかけた。すると、薄く目を開いた真由美さんが、

「津川さん……。会いたかったわ」

と消え入るような声で言った。

「じゃあ、なんで会わない、って言ったんだ！」

津川会長が真由美さんを責めるように言う。

「だって、私、昔とちょっと……違うでしょ？」

恥じらうように目を伏せる真由美さんを見て、津川会長は泣きそうな顔になった。

「そんなことはない。おまえはちっとも変わらないよ。それに私が好きだったのはおまえ

の外見じゃない。私に対しても平気で鋭い意見をするおまえと一緒に過ごした時間はとても刺激的だった。他にそんな女はいなかった」

津川会長のような上客に言いたいことを言えるホステスはそうそういないだろう。だが、歯に衣着せず客に対峙《たいじ》する真由美さんは容易に想像できる。

「ごめんなさいね……」

それだけ言うと、真由美さんは意識を失った。

「救急車！　救急車を呼べ！」

津川会長が秘書に怒鳴った。

数分で救急車がホテルに到着し、私と津川会長が救急車に同乗した。

津川会長は救急隊員に自分が出資している病院に向かうよう指示した後、ずっと黙ったまま意識のない真由美さんの手を握っている。

――そうだ！　美南ちゃんに連絡しなきゃ！

が、何度コールしても美南ちゃんは電話に出ない。

仕方なく、真由美さんがホテルで倒れたこと、向かっている病院の名前をショートメールで送った。やはり何か後ろめたいことがあって私の電話に出たくないのだろうか……。

そう思うと気持ちが沈んだ。

大きな病院に着いて、ストレッチャーに乗せられた真由美さんは処置室に運びこまれた。一緒にいた津川会長は、

「院長と話してくる」

とすぐにその場を離れてしまった。

ひとりで薄暗い待合室のベンチに座っていると、リノリウムの床をきゅっきゅっと鳴らし、制服姿の女の子が走ってきた。

「美南ちゃん！」

思わず立ちあがった私に、美南ちゃんは頭を下げ、

「ごめんなさい！」

と真っ先に謝った。

「え？」

「DNA鑑定のこと……。業者に提出した検体は私のじゃないんです」

「それって、どういうこと？」

「友だちに頼んで、友だちに検体を採取してもらって……」

「そんな……。どうして」

美南ちゃんは言いにくそうに黙り込んだが、やがて重い口を開いた。

「私、津川会長と取引したんです。偽物の検体を提出する代わりに、お母さんに最高の治

療を受けさせてほしい、って頼んだんです」

涙ぐみ、憔悴しているように見える美南ちゃんの肩を抱いて、ベンチに座るよう促した。

しばらく黙ってしゃくりあげていた美南ちゃんが再び口を開いた。

「お母さん。もう自分があまり長くないことがわかってたみたいで。私がひとりぼっちにならないようにと思って、津川会長の認知にこだわったんだと思います」

「そうだったんだ……。やっぱり、遺産目当てとかじゃなかったのね」

「津川会長は会いに行った私を一目見て、調べる必要はない。真由美がそうだと言うのなら、おまえは私の娘だと言ってくれました。けど、津川会長の奥さんも今、ホスピスにいて……。今まで苦労をかけた奥さんに今は心痛を与えたくない、って」

それを聞いて、打ち合わせの時に津川会長が言った『今は困る』という言葉の意味がわかった。愛人が何十人いようと、糟糠《そうこう》の妻のことは大切にしているようだ。

「だから、会長は会見であなたの学費を面倒みると言ったのね。けど、それだけの取引を美南ちゃんひとりでやったの？」

利発そうな子だとは思っていたが、相手は日本屈指の経営者だ。その津川と女子高生が対等に渡り合ったとは思えない。

「いえ。私はお母さんのことしか頼んでません。他の条件を提示してきたのはコンサルの人でした」

「は？　まさか、山王丸先生？」

「そうです。光希さんがDNA鑑定の話をしたのと同じ日に、山王丸って人が私に会いに来て、『津川会長を信じろ。悪いようにはしないから』って言って」

上級国民には上級国民の事情がある。

山王丸の言葉が鼓膜に甦る。

「けど、本当にこれでいいの？　お母さん、悪者になっちゃったよ？」

SNSではひどいバッシングが始まっている。遺産目当てのひどいホステスだと非難の的になっているのだ。

「お母さん、今は昔の知り合いと付き合いないし……。私はとにかくお母さんに一日でも長く生きてほしい。それだけなんです」

週刊誌の写真には目線が入っている上に、今の真由美さんは当時とは別人のような外見になっている。ホステスだった当時の彼女と今の彼女の両方を知っている人以外には、写真週刊誌の人物が真由美さんだと気づかないだろう。

「そっか……。それなら……あれが一番いい会見だったのかな……」

そう言いながらも、真由美さんだけを悪者にして自分の体面と家庭を守った津川会長のやり方には納得がいかなかった。

とは言え、美南ちゃんがこの結果に満足しているのだから仕方ない。身内でもなんでもない私はとやかく言える立場ではないのだ。

5

月曜日は土曜日に会見をやった休日出勤分の代休がもらえた。ラッキーだった。今は勝ち誇った山王丸の顔を見たくない。それ以上に、自分が思い描いたような会見にできなかった敗北感に苛《さいな》まれていたから。

昼前に起きて洗濯機を回している時、真由美さんからメールが入った。

《光希さんが救急車に乗って病院まで付き添ってくれたこと、美南から聞きました。本当にありがとう。私たち親子のこと、親身になってくれて感謝してます。それなのに、娘が裏切るようなことをしてしまってごめんなさい。退院できるかどうかもわからないので、メールでお詫《わ》びすることをお許しください》

美南ちゃんの話を聞いた限りでは、病状はよくないはずだ。それなのに連絡をくれた。

「真由美さん……」

美南ちゃんの気はすんだかもしれないけど、最後まで津川会長に娘を認知してもらえなかった真由美さんは今、どんな気持ちだろう。

急いで洗濯物を干し終えた私は真由美さんのいる病院へ向かった。

降り立った駅の近くで明るい色の花を買った。そして、ナースステーションでお見舞いの受付をし、真由美さんの病室を確認した。

真由美さんの部屋は最上階の個室だった。

スライディングドアが開け放されていて、病室の窓から入る日差しが廊下の床まで照らしている。中から真由美さんの明るい声が聞こえた。

「津川さん。この部屋、私には贅沢《ぜいたく》すぎるわ……」

え？　津川会長？

どうやら病室に津川会長がいるようだ。私は廊下に留まって中の会話に耳を傾けた。

「おまえは今まで私の家内に遠慮してひとりで美南を育ててくれたんだろう？　大変な苦労だっただろう。こんなことぐらいで返せるとは思ってないよ」

それは、あの尊大な会長の口から出たとは思えないほど優しい声だった。

真由美さんのすすり泣く声が洩れてくる。会長に労《いたわ》ってもらったことが嬉しかったのに違いない。

「大変なことは沢山あったけど、愛する人が授けてくれた娘がいたから、何でも乗り越えられた……」

しばらくの沈黙の後、再び会長の声がした。

「今は美南を認知できないこと、本当に申し訳ないと思ってる。本当にすまない。このとおりだ。美南には陰ながらできる限りのことはするつもりだから。どうか、許してくれ」

嘘……。謝った……。あの会長が……。

思わず、のぞきこんだ病室の窓に、深々と頭を下げている津川会長の姿が映っていた。

あの、傲慢《ごうまん》そうな態度しか見せなかった人が……。

『おまえは会長がいつどこで誰に謝罪すれば気がすむんだ?』

山王丸の声が聞こえたような気がした。

これが正解なんだ……。

完全なる敗北だ。

私は真由美さんの病室の前を離れ、ナースステーションに花を預けて階下へ降りるエレベーターに乗った。

「あ……」

一階で扉が開いたところに山王丸が立っている。

「先生……。どうしてここへ……」

花束を持っているところを見ると私と同じく真由美さんの見舞いなのだろう。

が、山王丸は見舞いに来たとは言わず、

「事後処理だ」

と素っ気なく答える。

「先生。ちょっとだけ、お話ししてもいいですか？」

そう頼むと、山王丸は黙って踵を返した。そのまま待合室の方へ戻り、人気《ひとけ》もまばらな隅の方のベンチに腰を下ろす。どうやら、話を聞いてくれるようだ。

「今回の件、私が間違っていたかもしれません。けど、最初から説明してくれれば、私だってちゃんと理解して……」

「おまえは単細胞生物だ。口で説明したところで納得しないだろう。そういう人間は失敗から学ぶしかない」

「そ、それはそうかもしれませんけど」

腹立たしいが、ぐうの音も出ない。

「だからこそ、低俗な庶民はおまえの表情や態度に自分の気持ちを投影できるんだ。俺や氷室では、ああはいかない」

だからと言って、会見の時、いつも私だけが知らない段取りがあっていい理由にはならないと思うけども……。

言い返したい衝動に駆られたが、すべては自分の未熟さ故《ゆえ》の仕打ちだとわかっている。

横を向いてこっそり溜め息をついた時、山王丸が沈黙を破った。

「俺の母親は、安い金で商店街の食堂やら小さな商店やらの経営相談に乗る地味な会計士だった」

山王丸は誰もいない待合室の一角を見つめたまま、自分の母親のことを語り始めた。

「その後、母は知り合いの紹介で大手企業の顧問になり、その頃から雑誌にとりあげられるようになった」

彼女は成功したシングルマザーのロールモデルとして持てはやされ、メディアへの露出が増えたという。

「ちょうどその頃、顧問を務める大手企業の不正が発覚した」

だが、不正は数十年前から巧妙に行われており、顧問になったばかりの彼女はそのからくりに気づかなかったのだ、と山王丸は語った。

「経営者たちは責任を押しつけ合い、俺の母親だけが記者に囲まれて公衆の面前で土下座させられた」

例の週刊誌の事件のことを言っているのだとすぐにわかる。あの画素の粗《あら》いモノクロの写真がずっと頭の隅にあり、記事が胸に引っかかっていたからだ。

「俺はまだ小学生だったが、テレビで見た惨《みじ》めったらしい母親の姿がトラウマになった」

そう……だったんだ……。当時の山王丸の気持ちを考えると、言葉が出なかった。

「結局、母親は苦労して合格した公認会計士の仕事を辞めて、自分の城だと言っていた事務所を手放した」

山王丸の母親にとってあの事件はそれほどの精神的なダメージだったのだろう。

だが、私が見た登記簿の住所は今の山王丸総合研究所と同じ場所だ。

「先生が買い戻したんですね……」

母親が道半ばにして断念した公認会計士という仕事……。そして、理不尽に謝罪させられる人を助ける謝罪コンサルの仕事……。

——つまり、あの事務所には山王丸のリベンジがすべて詰まっているんだろう。

目頭が熱くなった。

涙ぐむ私をそこに残し、山王丸が立ちあがった。

花束を持ってエレベーターホールへと歩き去る山王丸の後ろ姿が涙で歪んで見えた。

エピローグ

山王丸のやり方は褒められたものではない。

自分のクライアントを守るためには手段を選ばない。世論を煽るような報道をするマスメディアを利用し、流されやすいネット民たちを翻弄する。

私自身も何が正しいのかわからなくなることも多々あった。

だが、彼がプロデュースする謝罪は確実に依頼者を満足させる。

そして、彼がどんな手を使ってでも、許されるための謝罪にこだわる理由が母親、山王丸彩子の自殺未遂事件にあるということもわかった。

これまで絶対に理解できないと思ってきた山王丸に対し、微かな同情や尊敬の念が芽生え始めていた。

そんなある日のこと。

この古い事務所でがんばる決心をした私は、一階の事務所の掃除を始めた。

いつも山王丸が転がっているソファの近くのゴミ箱には、分別もされずにゴミが詰めこまれている。

——うん？

回収して紙類とペットボトルを仕分けしていると、中に写真みたいなものが交ざっているのに気づいた。

葉書だ。

表には横文字で宛名が書かれており、裏は一面、写真がプリントされている。

南国らしき海を背景に、日焼けした六十歳ぐらいの女性が、若い外国人の男と一緒に写っていた。一瞬、ラテン系の人かと思うぐらい彫りの深い女性の顔は山王丸によく似ている。

そして、その葉書には太いマジックで殴り書きのようなメッセージが書かれていた。

『寛、元気？　お母さんは今、トリニダード・トバゴ共和国にいます。お母さん、もしかしたら再婚しちゃうかも♡』

差出人は Ayako Sannomaru。

「は？　これが山王丸のお母さん？」

消印の日付は一週間前だ。

——母、めっちゃ楽しそうなんだけど。

そもそも、どこなのよ、トリニダード・トバゴ共和国って。

山王丸彩子の満面の笑みを見ると、あの謝罪記事や山王丸の話が本当なのかどうか疑わしくなってきた。何が本当で何が嘘なのか全くわからない。

――だいたい、お母さんからの手紙を捨てる？　しかも、写真つきだよ？

その時、山王丸が、

「ああそうだ。氷室。こっちの事務所の電灯、外して半分にしとけ」

と命じた。

――え？　それでなくても薄暗いのに。

「また税務署が来るんですか？」

氷室の質問に山王丸がうなずいた。

「いいか。下の経営相談は謝罪コンサルの税金対策だ。儲《もう》かってる様子は微塵も見せるなよ。間違ってもリフォームなんてするんじゃないぞ」

私を横目で見ながら山王丸が冷笑している。

――は？　事務所をリフォームしない理由は税務署対策なの？

想像の斜め上空にあった理由に啞然として怒る気にもならない。

もういい……。出向期間が終わったら、とっとと古巣のジャングル興業に戻ろう。

そう心に誓って、トロピカルな葉書を可燃ゴミの袋に捨てた。

と、その時、「光希さん」と氷室が声をかけてきた。

「はい。なんでしょう、氷室さん」

「先日のDNA鑑定費用のことですが」

しまった……。すっかり忘れていた。今となっては、病床の真由美さんに交渉するのも気が引ける。

「す、すみません。あのお金、もう少しだけ待ってもらえますか？」

「僕はかまいませんよ。債権は山王丸先生に譲渡しましたので」

「え？　山王丸先生に？」

「ええ。先生が譲ってくれとおっしゃったので」

「そんな勝手に……」

不服を申し立てようとすると、氷室が私の目の前に借用書のコピーを突き出した。

「このとおり、譲渡についても記載があります」

「え？　どこですか？」

「ここです。乙《おつ》は甲に返済能力がないと見なした時には、この契約を第三者に売却することができる」

それは虫眼鏡がないと見えないぐらい小さな文字だった。

「債権の譲渡は自由です。こんな但し書きをする必要もないのですが、敢《あ》えてその文言を入れたのは僕の光希さんに対する親切心です」

「こんな小っちゃな文字が親切心だと言われても……。それに返済能力についての判断がちょっと早すぎません？」

「リスクヘッジは僕のモットーです」

氷室は平然としている。

――ヤバい……。

山王丸への借金が増えてしまった。しかも私の個人的な借金がオンされてしまった。

――早く返さないと出向期間がどんどん延びてしまう。嫌だ。あんな得体の知れない怪人の下でずっと働くなんて。

焦りながら目をやったソファ。炎上クローザーは、目をつぶったまま両方の口角をニヤリと持ちあげていた。

参考文献

「新版　ロボット工学ハンドブック」　日本ロボット学会編　コロナ社
富士《ふじ》フイルム（株）ホームページ

協力／T．M．

この作品は書き下ろしです。

〈著者紹介〉
保坂祐希（ほさか・ゆうき）
2018年、『リコール』（ポプラ文庫）でデビュー。『黒いサカナ』（ポプラ社）など、社会への鋭い視点と柔らかなタッチを兼ね備えた、社会派エンターテインメントミステリーを執筆。近著に『大変、申し訳ありませんでした』（講談社タイガ）。

大《たい》変《へん》、大《たい》変《へん》、申《もう》し訳《わけ》ありませんでした

2022年6月15日　第1刷発行　　定価はカバーに表示してあります

著者……………………保《ほ》坂《さか》祐《ゆう》希《き》

発行者……………………鈴木章一
発行所……………………株式会社 講談社
〒112-8001 東京都文京区音羽2-12-21
編集03-5395-3510
販売03-5395-5817
業務03-5395-3615

本文データ制作……………講談社デジタル製作
印刷……………………株式会社ＫＰＳプロダクツ
製本……………………株式会社国宝社
カバー印刷………………株式会社新藤慶昌堂
装丁フォーマット…………ムシカゴグラフィクス
本文フォーマット…………next door design

ISBN978-4-06-528251-9　N.D.C.913　319p　15cm